## 阿勒泰文萃

ALETAI WENCUI

第 二 辑

杨建英 主编  李娟 等著

北京时代华文书局

图书在版编目（CIP）数据

阿勒泰文萃. 第二辑 / 杨建英主编；李娟等著. -- 北京：北京时代华文书局, 2019.2
ISBN 978-7-5699-2948-5

Ⅰ.①阿… Ⅱ.①杨…②李… Ⅲ.①中国文学-当代文学-作品综合集-阿勒泰地区 Ⅳ.①I218.453

中国版本图书馆 CIP 数据核字（2019）第 015740 号

## 阿勒泰文萃·第二辑
ALETAI WENCUI DI-ER JI

主　　编｜杨建英
著　　者｜李娟　等

出 版 人｜陈　涛
责任编辑｜周　磊　余荣才
责任校对｜凤宝莲
装帧设计｜西　鸿　饶克义
责任印制｜刘　银　訾　敬
特约筹划｜乌鲁木齐市向好文化传媒有限公司
出版发行｜北京时代华文书局　http://www.bjsdsj.com.cn
　　　　　北京市东城区安定门外大街 138 号皇城国际大厦 A 座 8 楼
　　　　　邮编 1000111　电话：010-64267955　64267677
印　　刷｜三河市兴博印务有限公司　0316-5166530
　　　　　（如发现印装质量问题，请与印刷厂联系调换）
开　　本｜787mm×1092mm　1/16　印　张｜10.5　彩　页｜18　字　数｜225 千字
版　　次｜2021 年 3 月第 1 版　印　次｜2021 年 3 月第 1 次印刷
书　　号｜ISBN 978-7-5699-2948-5
定　　价｜46.00 元

版权所有，侵权必究

# 《阿勒泰文萃》(丛书)
# 编委会

主　任：窦朝晖

副主任：袁　兵　章新军

编　委：杨建英　丁勇杰　周丽瑗
　　　　侯真真　王展飞　刘新海

## 卷首语

# 用过往托起未来

王展飞

对于热爱文学的人,我在还没有表达之前,心里就先充满了温暖和亲切。无论是激情澎湃、婉转低回,还是青葱校园、纷纭人生,抑或是小苔微碧、遍野芬芳,诗情、人情、山水情,喜、怒、哀、乐、怨、憎、会,胸臆幽思千古浩叹,一个个玲珑世界,展于笔下,表于文字,传于知心,都是多么美妙的一个境界啊。

对于写作,当然不是人人都是大家。更多的是满园芬芳,成于微末。有草根、有蓓蕾、有高大的迎客松,有突出的刺蓬子,有一向坚挺的白桦树。谁离得开谁呢?所以,针对中国文学曾经定下有名的双百方针:百花齐放,百家争鸣。

文学,说到家是人学。人的主观世界,当然是对客观世界的反映。这个浩瀚的客观世界,我们只处一隅,得知其十一、百一,甚至千一,但已经深深地觉得,这是一个何其美妙、何其伟大的自然造化啊。有时细细一想,不由得心生感激与虔诚。

领会于心,妙用笔端之时,托住我们的文学表达的,常常是"用过往托起未来"的状态。写小说时,情节纷纭,时态都是已经发生了的,但是要表达思索和发展,既要抚今追昔,也要抬头看路;写诗歌时,往往妙悟一花一叶,不敢指点迷津,却追求共鸣,一起向善、一起勇敢和坚强。

时光的一维性,却发生在多维的空间里,而且,这个多维的空间,有故乡,有学校,有山水,有田园,有职场,有江山,有小小的针线盒,有长长的人生路。

喜欢文学,那么不妨将所经所历、所知所会,以及感受、领悟记下来。记的方式可以是文字,可以是感觉与沉淀。这些属于过往的元素总有一天会在脑海里清晰起来,历历可见,然后,以一个写作者的喜悦去拣取这些宝石,串成诗歌、小说、散文——这些作品当然不会归于一类,但都属于学习和分享。而这种心意,都很执着地热爱并且向往着更美的未来。

2020 年 6 月

# 目录 MuLu

## 时代写真
## SHIDAI XIEZHEN

03　遥远的向日葵地(节选)　　　　　　　李　娟
11　护林人日记　　　　　　　　　　　　康　剑

## 地域文本
## DIYU WENBEN

29　四季牧歌　　　　　　　　　　　　哈德别克·哈汉
36　布尔津商贸往事　　　　　　　　　　赵光鸣
42　重返白哈巴　　　　　　　　　　　　段蓉萍
51　草原深处的石城　　　　　　　　　　赵培光
56　可可托海二题　　　　　　　　　　　杨建英

## 自然笔记
## ZIRAN BIJI

65　荒野精灵　　　　　　　　　　　　　初雯雯

## 流金岁月
## LIU JIN SUIYUE

85　来自可可托海的思念　　　　　　　　付　静
88　童年的味道：糍粑谣　　　　　　　　花解语

## 非虚构
## FEI XUGOU

| | | |
|---|---|---|
| 94 | 我的父亲母亲 | 杨 奋 |

## 行吟阿勒泰
## XING YIN ALETAI

| | | |
|---|---|---|
| 115 | 思 念 | 张 岩 |
| 116 | 随省作协第四次文化援疆采风团赴疆集咏 | 吴文昌 |
| 119 | 金山本草赋 | 王云韬 |
| 121 | 赵丽华组诗 | 赵丽华 |
| 124 | 拥诗而眠（组诗） | 徐丽萍 |
| 128 | 阿尔泰札记（组诗） | 谢耀德 |
| 132 | 如果，鱼的律诗 | 顾 伟 |
| 134 | 阔别克雪山的云，落入人间（组诗） | 如 风 |
| 137 | 草原的故事（组诗） | 郭文会 |
| 142 | 冬天的素描（组诗） | 李慧英 |
| 145 | 对阿勒泰的回忆 | 克 兰 |
| 148 | 假装散漫 | 刘继能 |
| 151 | 云居寺石经还记着尼赫鲁的惊叹 | 陈玉泉 |
| 153 | 众志成城——抗疫诗歌专辑 | 杨建英等 |

# 时代写真 SHIDAI XIEZHEN

遥远的向日葵地（节选） 李 娟

护林人日记 康 剑

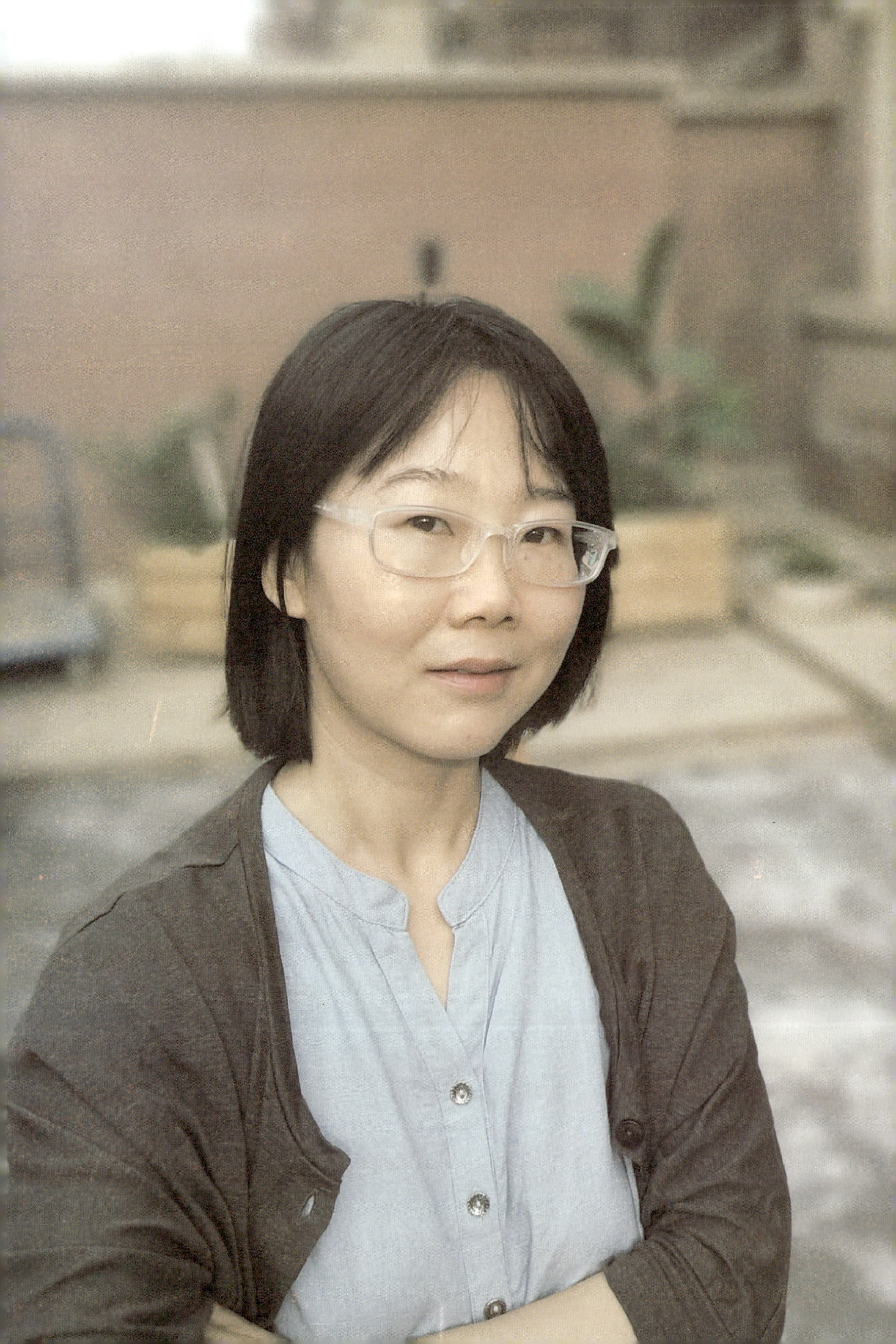

# 遥远的向日葵地（节选）

李娟

**作者简介：**

李娟，中国当代作家，1999年开始写作，曾在《南方周末》《文汇报》等报纸开设专栏；2003年1月，出版首部散文集《九篇雪》；2010年6月，出版散文集《阿勒泰的角落》；2011年，获得茅台杯人民文学奖"非虚构奖"；2012年，相继出版长篇散文《冬牧场》与《羊道》系列散文；2017年，出版散文集《遥远的向日葵地》，2018年获第七届鲁迅文学奖散文奖。

## 一 灾 年

乌伦古河从东往西流，穿过阿尔泰山南麓广阔的戈壁荒漠，沿途拖拽出漫漫荒野中最浓烈的一抹绿痕。

大地上所有的耕地都紧紧傍依在这条河的两岸，所有道路也紧贴河岸蔓延，所有村庄更是一步都不敢远离。如铁屑紧紧吸附于磁石，如寒夜中的人们傍依唯一的火堆，什么都离不开水。这条唯一的河，被两岸的村庄和耕地持续不断地吮吸，等流经我家所在的阿克哈拉小村时，就已经很浅窄了。若是头一年遇上降雪量少的暖冬，更是几近断流。因为在北疆，所有的河流全靠积雪融汇水流。这一年，正是罕有的旱年。上一年冬天的降雪量据说还不到正常年份的三分之一。

还没开春，地区电台的气象广播节目就预言：今年旱情已成定局。到了灌溉时节，田间地头，因抢水而引起的纠纷此起彼伏。大渠水阀边日夜都有人看守。暖冬不但是旱灾的根源，还会引发蝗灾及其他严重的病虫害。大家都说，不够冷的话，冻不死过冬的虫卵。

此外，大旱天气令本来就贫瘠的戈壁滩更加干涸，几乎寸草不生。南面沙漠中的草食野生动物只好向北面乌伦古河畔的村庄和人群靠近，偷吃农作物。这也算得上是严重的农业灾害之一。然而，正是这一年，我妈独自在乌伦古河南岸的广阔高地上种了九十亩葵花地。

这是她种葵花的第二年。

葵花苗刚长出十公分高，就惨遭鹅喉羚的袭击。几乎一夜之间，九十亩地给啃得干干净净。虽说远远近近有万余亩的葵花地都被鹅喉羚糟蹋了，但谁也没有我妈损失严重。

一来她的地位于这片万亩耕地的最边缘，直接敞向荒野，最先沦陷；二来她的地比较少，不到一百亩。没两下就给啃没了。

而那些承包了上千亩的种植大户，他们地多，特经啃……最后多少会落下几亩没顾上啃的。

——当然咯，也不能这么比较……我妈无奈，只好买来种子补种了一遍。

天气暖和，又刚下过雨，土壤墒情不错，第二茬青苗很快出头。然而地皮刚刚泛绿时，一夜之间，又被啃光了。

她咬牙又补种了第三遍。

没多久，第三茬种子重复了前两茬的命运。

我妈伤心透顶，不知找谁喊冤。

她听说野生动物归林业局管，便跑到城里找县林业局告状。林业局的人倒很爽快，满口答应给补偿。但是——

"你们取证了吗？"

"取证？"我妈懵了，"啥意思？"

"就是拍照啊。"那人微笑着说，"当它们正啃苗时，拍张照片。"

我妈大怒。种地的顶多随身扛把铁锨，谁见过揣照相机的？

再说，那些小东西警觉非凡，又长着四条腿，稍有动静就撒开蹄子跑到天边了。拍"正在啃"的照片？恐怕得用天文望远镜吧！总之，这是令人沮丧的一年。

尽管如此，我妈还是播下了第四遍种子。所谓"希望"，就是付出努力有可能比完全放弃强一点点。

说起来，鹅喉羚也很可怜。它们只是为饥饿所驱。对它们来说，大地没有边界，大地上的产出也没有所属。

它们白天在远方饿着肚子徘徊，遥望北方唯一的绿色领域。夜里悄悄靠近，一边急促啃食，一边警惕倾听……它们也很辛苦啊。秧苗不比野草，株距宽，长得稀稀拉拉，就算是九十亩地，啃一晚上也未必填得饱肚子。

于是有的鹅喉羚直到天亮了仍舍不得离去，被愤怒的农人发现，并驱车追逐。它们惊慌奔跑直至肺脏爆裂，最后被撞毙。

但人的日子又好到哪里去呢？春天已经完全过去，眼下这片万亩耕地仍旧空空荡荡。

无论如何，第四遍种子的命运好了很多。

似乎一进入七月，鹅喉羚们就熬过了一个难关，从此，再也没有见到它们的身影。

它们去了哪里？哪里水草丰美？哪里暗藏秘境？这片大地广阔无物，其实，与浓茂的森林一样善于隐瞒。

总之，第四茬种子一无所知地出芽了，显得分外蓬勃。毕竟，它们是第一次来到这个世界。

## 二  丑丑和赛虎

大狗丑丑也是第一次来到这个世界。它三个月大时被我妈收养，进入寂静广阔的荒野中。每日所见无非我妈、赛虎和鸡、鸭、鹅、兔,以及日渐茂盛的葵花地。再无其他。

因此,当鹅喉羚出现时,它的世界受到多么强烈的震荡啊!

它一路狂吠而去,经过的秧苗无一幸免。很快,它和鹅喉羚前后追逐所搅起的烟尘向天边腾起。

我们本地人管鹅喉羚叫"黄羊",虽然名字里有个"羊"字,却比羊高大多了。身形如鹿,高大瘦削,矫健敏捷,爆发力强。其奔跑之势,完全配得上"奔腾"二字。

而丑丑也毫不含糊,开足了马力紧盯不落,气势凶狠暴烈。唯有那时才让人想起来——狗是野物啊!

虽然它大部分时间总是冲人摇头摆尾。

我妈说:"甚至有一次,它已经追上一只小羊了!我亲眼看到它和羊并行跑了一小段。然后丑丑猛扑过去,小羊被扑倒。丑丑也没能刹住脚,栽过了头。小羊翻身再跑。就那一会儿工夫,给它跑掉了。"

——羊是小羊,体质弱了些,可能跑不快。可那时丑丑才四五个月大,也是条小狗呢。

丑丑一点也不丑,浑身卷毛,眼睛干净明亮。是一条纯种的哈萨克牧羊犬。虽然才四五个月大,但体态已经接近成年狗了。

我妈到哪儿都把丑丑叫上。一个人一条狗,在空旷大地中走很远很远,直到很小很小。

每当我妈突然站住并说道:"丑丑,有没有羊!"它立刻浑身紧绷,冲出几步,目光锐利四处张望。

丑丑不但认识了鹅喉羚,还能听懂"羊"这个字。而赛虎大了好几岁,能听懂的就更多了,有"兔子""鸡""鸭鸭",等等。问它:"兔子呢?"它立刻屁颠屁颠地跑到兔子笼边瞅一瞅。

"鸭鸭呢?"

它扭头看鸭鸭。

"鸡呢?"

它满世界追鸡。

我家养过许多狗。叫"丑丑"的其实一点也不丑,叫"笨笨"的一点也不笨,叫"呆呆"的也绝对不呆。

所以一提到赛虎,我妈就非常悔恨……当初干吗取这名?这下可好,连只猫都赛不了。

赛虎是小型犬,温柔胆怯,偶尔仗势欺人。最大的优点是沟通能力强,最大的缺点是不耐脏。它是条白狗。

丑丑的地盘是整片荒野和全部的葵花地,赛虎的地盘是以蒙古包为中心的一百米半径范围。赛虎从不曾真正见过鹅喉羚,但一提到这类入侵者,它也会表示忿恨。

它也从不曾参与过对鹅喉羚的追捕行动,但每当丑丑英姿飒飒投入战斗时,它一定会声援。

真的是"声"援——就站在家门口,冲着远方卖力地吼,吼得比丑丑还凶。事后,它比丑丑还累。

进入盛夏,鹅喉羚集体消失了。明显感到丑丑有些寂寞。可它仍然对远方影影绰绰的事物保持高度警惕。每当我妈问它"有没有羊"的时候,还是会迅速进入紧张状态。

那时,它又长高长大了不少,更加威风

了,也更加勇敢。

而赛虎的兴趣点很快转移了。它发现了附近的田鼠洞,整天忙着逮耗子。

我家蒙古包一百米半径范围内的田鼠洞几乎都被它刨完了,一直刨得两只狗前爪血淋淋的仍不罢休。

为什么呢?

惭愧,我妈给它开的伙食太差了。

## 三 蒙古包

我家两条狗跟着我妈一起,在葵花地边吃了小半年的素。丑丑最爱油麦菜,赛虎最爱胡萝卜。

它俩的共同所爱是鸡食,整天和鸡抢得鸡飞狗跳。——真的是"鸡飞狗跳"!

但鸡食有什么好吃的呢?无非是粗麦麸拌玉米渣,再加点水和一和。

荒野生活,不但伙食从简,其他一切都只能将就。

然而说起来,这片万亩葵花地上所有的种植户里,我家算是最不将就的。

当初决定种地时,想到此处离我们村还有一百多公里,来回不便,又不放心托人照管,我妈便把整个家都搬进了荒野中。

包括鸡和兔子,包括丑丑和赛虎。

想到地边就是水渠,出发时她还特意添置了十只鸭子两只鹅。

结果失算了,那条渠八百年才通一次水。

于是我们的鸭子和鹅整个夏天灰头土脸,毫无尊严。她在葵花地边的空地上支起了蒙古包。丑丑睡帐外,赛虎睡帐内。

一有动静,丑丑在外面狂吠震吓,赛虎在室内凶猛助威。那阵势,好像我家养了二十条狗。

若真有异常状况,丑丑会直冲上去拼命,赛虎躲在门后继续呐喊助威。直到丑丑摆平了状况,它才跑出去恶狠狠地看一眼。

所谓"状况",一是发现了鹅喉羚,二是突然有人造访。

来人只会是附近种地的农人,前来商议今年轮流用水的时间段,或讨论授粉时节集体雇用蜜蜂事宜,或发现了新的病虫害,来递个消息,注意预防,或是来借工具。附近所有的农户里,就我家工具种类最齐全,要锯子有锯子,要斧头有斧头,几乎可应付一切意外情况。

除此之外,要盆有盆,要罐有罐,要桌子有桌子,要凳子有凳子,甚至还有几大盆绿植……我妈把盆栽带到地头的理由是:"眼看着就快要开花了。"

而别的种植户呢,一家人就一卷铺盖一口锅,随时准备撤。

每一个到访我们蒙古包的人,说正事之前总会啧啧称叹一番,最后说:"再垒一圈围墙,你们这日子可以过到2020年。"

对了,还有人前来买鸡。我妈不卖。说:"就这几只鸡,卖了就没有了。"

对方奇怪地说:"那你养它干吗?"

这个问题好难。我妈支吾着不能答。

总之,以上种种来客,一个星期顶多只有一拨。

眼下这块耕地大约一万多亩,被十几户人家分片承包。

承包者各自守着各自的土地散居,彼此间离得较远。

除了我家,别人家都住在地底——在

大地上挖个坑，盖个顶，即所谓的"地窝子"。

于是，在葵花还没有出芽的时节里，站在我家蒙古包前张望，天空如盖，大地四面舒展，空无一物。我家的蒙古包是这片大地上唯一坚定的隆起。

随着葵花一天天抽枝发叶，渐渐旺壮，我们的蒙古包便在绿色的海洋中随波荡漾。

直到葵花长得越发浓茂喧嚣，花盘金光四射，我们的蒙古包才深深沉入海底。

其实我家第一年种地时，住的也是地窝子。我妈嫌不方便，今年便斥巨资两千元钱买了这顶蒙古包。

唉，我家地种得最少，灾情最惨，日子还过得最体面。

鸡窝——一只半人多高的蒙着铁丝网的木头笼子——紧挨着蒙古包，是我家第二体面的建筑。

兔舍次之，它们的笼子仅以木条钉成，不过同样又大又宽敞。

鸭和鹅没有笼。我妈用破烂家什围了一小块空地，它们就直接卧在地上过夜。它们穿着羽绒服，不怕冷。

每天清晨，鲜艳的朝阳从地平线拱起，公鸡跳到鸡笼顶上庄严打鸣，通宵迷路的兔子便循着鸡鸣声从荒野深处往家赶。

很快，鸭子们心有所感，也跟着大呼小叫嘎嘎不止。家的气息越来越清晰，兔子的脚步便越来越急切。

被吵醒的我妈打着哈欠跨出家门，看到兔子们安静地卧在笼里，一个也不少，眼睛更红了。

兔子为什么会迷路呢？我妈说，因为它个儿矮，走着走着，一扭头就看不到家了。

若是赛虎的话，看不清远处的东西，便前肢离地站起来，高瞻远瞩。而且它还能站很久很久。我渴望有一天它能够直立行走。

丑丑不会站。不过也不用站，它是条威猛高大的牧羊犬，本来就具有身高优势。远方地平线上一点点小动静都逃不过它的眼睛。

鸡虽然也矮，但人家从来不迷路。荒野

中闲庭信步,优哉游哉。太阳西斜,光线微微变化,便准时回家。

我觉得鸡认路才不靠什么标志,也不靠记性。人家靠的是灵感。

我从没见哪只鸡回家之前先东张西望一番。

鸭子们要么一起回家,要么一起走丢。整天大惊小怪的,走到哪儿嚷嚷到哪儿。你呼我应,声势浩大。

黄昏时分,大家差不多都回家了。我妈结束了地里的活,开始忙家里的活。

她端起鸡食盆走出蒙古包,鸡们欢呼着哄抢上前,在她脚下挤作一团。她放稳了鸡食盆,扣上沉重的锥形铁条罩(鲁迅提过的"狗气煞",我管它叫"赛虎气煞"),一边自言自语:"养鸡干什么?哼,老子不干什么,老子就图个看着高兴!"

于是鸡们便努力下蛋,以报不杀之恩。

蛋煮熟了给狗们打牙祭。狗们干起保安工作来更加尽职尽责。

## 四 浇地

虽然养着两条表现不错的保安狗,此地又位于鬼都不会路过的荒野,最重要的是,我家蒙古包里没有任何值得人破门而入的值钱货,但我妈仍不放心。她离开蒙古包半步都会锁门。

锁倒是又大又沉,锃光四射。挂锁的门扣却是拧在门框上的一截旧铁丝。

我妈锁了门,发动摩托车,回头安排工作:"赛虎看家。丑丑看地。鸡好好下蛋。"然后绝尘而去。

被关了禁闭的赛虎把狗嘴挤出门缝,冲她的背影愤怒大喊。

丑丑兴奋莫名,追着摩托又扑又跳、哼哼叽叽,跟在后面足足跑了一公里才被我妈骂回去。

我妈此去是为了打水。

地边的水渠只在灌溉的日子里才通几天水,平时用水只能去几公里外的排碱渠打水。

那么远的路。幸亏有摩托车这个好东西。

她每天早上骑车过去打一次水,每次装满两只二十公升的塑料壶。

我说:"那得烧多少汽油啊?好贵的水。"

我妈细细算了一笔账:"不贵,比矿泉水便宜多了。"

排碱渠的水能和矿泉水比吗?又咸又苦,然而总比没水好。

这么珍贵的水,主要用来做饭和洗碗,洗过碗的水给鸡鸭拌食,剩下的供一大家子日常饮用。再有余水的话我妈就洗洗脸。

脏衣服攒着,到了水渠通水的日子,既是大喜的日子也是大洗的日子。

其实能有多少脏衣服呢?我妈平时……很少穿衣服。

她对我说:"天气又干又热,稍微干点活就一身汗。比方锄草吧,锄一块地就脱一件衣服,等锄到地中间,就全脱没了……好在天气一热,葵花也长起来了,穿没穿衣服,谁也看不到。"

我大惊:"万一撞见人……"她:"野地里哪来的人?种地的各家干各家的活,没事谁也不瞎串门。如果真来个人,离老远,赛虎、丑丑就叫起来了。"

于是整个夏天，她赤身扛锹穿行在葵花地里，晒得一身黢黑，和万物模糊了界线。

叶隙间阳光跳跃，脚下泥土暗涌。她走在葵花林里，如跋涉大水之中，努力令自己不要漂浮起来。

大地最雄浑的力量不是地震，而是万物的生长啊……她没有衣服，无所遮蔽也无所依傍，快要迷路一般眩晕。目之所及，枝梢的手心便冲她张开，献上珍宝，捧出花蕾。

她停下等待。花蕾却迟迟不绽。赴约前的女子在深深闺房换了一身又一身衣服，迟迟下不了最后的决定。我妈却赤身相迎，肝胆相照。她终日锄草、间苗、打杈、喷药，无比耐心。

浇地的日子最漫长。地头闸门一开，水哗然而下，顺着地面的横渠如多米诺骨牌般一道紧挨着一道淌进纵向排列的狭长埂沟。

渐渐地，水流速度越来越慢。我妈跟随水流缓缓前行，凝滞处挖一锹，跑水的缺口补块泥土，并将吃饱水的埂沟一一封堵。

那么广阔的土地，那么细长的水脉。她几乎陪伴了每一株葵花的充分吮饮。

地底深处的庞大根系吮吸得滋滋有声，地面之上愈发沉静。

她抬头四望。天地间空空荡荡，连一丝微风都没有，连一件衣服都没有。

世上只剩下植物，植物只剩下路。所有路畅通无阻，所有门大打而开。

水在光明之处艰难跋涉，在黑暗之处一路绿灯地奔赴顶点。——那是水在这片大地上所能达到的最高的高度，一株葵花的高度。

这块葵花地是这些水走遍地球后的最后一站。

整整三天三夜，整面葵花地都均匀浸透了，整个世界都饱和了。花蕾深处的女子才下定决心，选中了最终出场的一套华服。

即将开幕。大地前所未有地寂静。

我妈是唯一的观众，不着寸缕，只踩着一双雨靴。

她双脚闷湿，浑身闪光。再也没有人看到她了。她是最强大的一株植物，铁锹是最贵重的权杖。她脚踩雨靴，无所不至，像女王般自由、光荣、权势鼎盛。

很久很久以后，当她给我诉说这些事情的时候，我还能感觉到她眉目间的光芒，感觉到她浑身哗然畅行的光合作用，感觉到她贯通全身的耐心与希望。◆

向日葵　　　　　　　　　　　刘新海摄

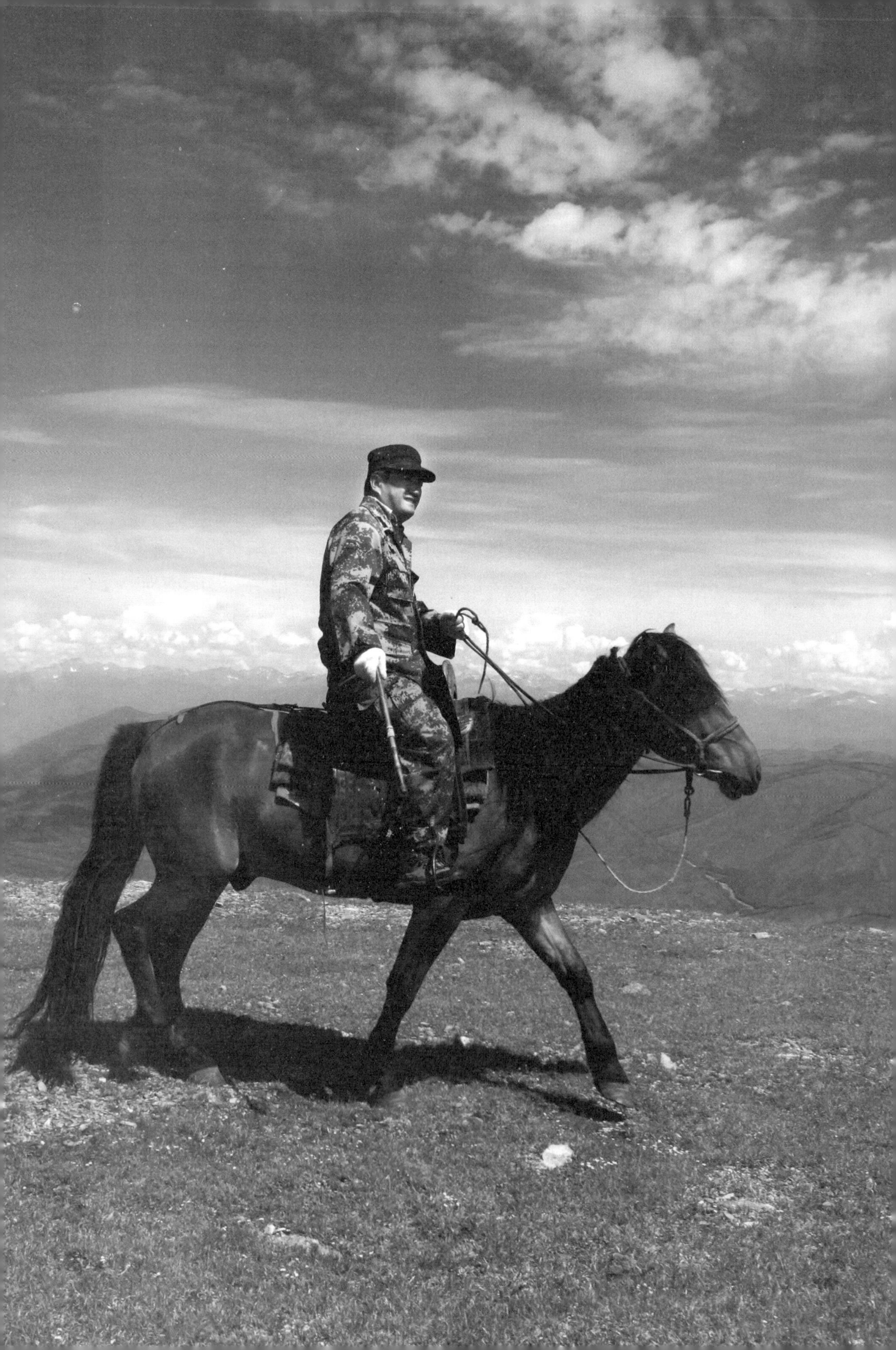

◇ 康 剑

# 护林人日记

**作者简介：**

康剑，中国作家协会会员，中国摄影家协会会员，新疆作家协会理事，自称"喀纳斯护林人"。

2014年的盛夏，我作为保护区的老护林人，有幸跟随深山巡护队，对喀纳斯保护区的纵深地带进行巡山护边。5天的经历，有惊险也有惊喜。记录下来，以作纪念。

## 第一日（7月30日）

和以往一样，我们先要坐船穿越24公里的喀纳斯湖，再骑马进入深山。从地图上看，喀纳斯保护区呈一个"丫"字形状。喀纳斯湖在下面一"竖"的位置，我们这一次，是要从左面的"叉"进去，翻越两"叉"之间的达坂后，再从右面的"叉"出来。这既是一次正常的对保护区的巡护，又是一次难得的对保护区核心区进行资源普查的机会。所以我们的队员中，既有边防部队的两位官兵，也有保护区的科考人员。

中午时分，我们乘船到达喀纳斯湖的湖头。湖头除了偶尔运送物资留下的痕迹，依旧保持着自然原始的状态。这里，最著名的是枯木长堤。在喀纳斯湖进水口的沙滩上，堆放着的枯死松木有一公里多长。按常理，这些枯败的原始松木应该顺流而下，沿着湖面漂向下游。但由于山谷风力的作用，这些枯木被迎风推送到喀纳斯湖的上游，从而成为喀纳斯湖区的一道著名景观。

看着码头边一大堆随行的物资，我这个老护林人都有点发愁，到底该怎么把它们运进深山。好在打马垛子是当地少数民族同胞天生的看家本领，几个年轻的哈萨克和图瓦护林员眼疾手快，不一会儿就让零散在地的行李和物资整齐地驮到两匹马的马背上。而且，马垛子打得前后均匀，左右平衡，这样，马跑起来就能轻松自如，不费力气。两个年轻人赶着两个马垛子在前面先走，我们跟随在后，向保护区的纵深地带进发。

我参与喀纳斯的深山巡护已经数不清有多少次了，但每一次出发都让我感到新奇和兴奋。同样，每一次巡护归来，虽然身心疲惫，但在精神上总是满载而归。虽然山还是这片山，水还是这片水,森林依旧是这片针叶林和阔叶林的混交林,但这山这水这森林,每一次都能够给我带来对大自然的全新感受。这也正是我这个老护林人始终不愿意走出深山的缘由。

马儿在林中穿行或者在爬山过沟时,就会放慢速度。这时,蚊虫总会蜂拥而上簇拥在人和马的周围。在马背上的人就会不停地用手去拍打叮在脸上或脖子上的蚊虫。派出所的巴依尔骑马走在我的前头,我看见几只蚊子叮在他脖子上吸满了他的血液。看着他毫无感觉的样子,我真想上前帮他拍上一巴掌,以驱赶那些可恶的蚊虫。

我喊他:"巴依尔,伸手打一下你的后脑勺。"

我看见他挥手一拍。啪!结果蚊子四散而逃,没有打死一只。

接着,他的脖子上又叮满了蚊子。

再打,又四散而逃。

我联想到在电视上看过的动物世界,这些纠缠不清的蚊子特别像非洲草原上的鬣狗,它们老是成群结队地围在你跟前嗡嗡叫嚷。你驻足驱赶它们时,它们会停下脚步离开你一会儿。当你不理睬它们时,它们又会铺天盖地地朝你涌来,连强大的非洲雄狮都拿它们没办法。

其实,我后面的人看我的脖子,一样也叮满了嗜血如命的蚊子。只不过他们见得多了,也懒得跟我说,见多不怪罢了。我呢,作为一个资深护林人,会顺手揪下一截枯木的枝条,前后左右地抽打前赴后继朝我涌来的蚊子。

好在到了林中空地,马儿就会发疯一般地跑一会儿。马儿跑起来时形成的风,就会把讨厌的蚊子远远地甩在后面。因此,每个人都会特别喜欢在林中空地上快马加鞭跑上一阵子。这时,马儿会快乐地打着响鼻,它背上的人也会长出一口恶气——终于甩掉了那些讨厌的蚊子。

从喀纳斯湖进水口到湖头管护站有6公里路程,大概需要1个小时的行程。湖头管护站实际上承担着中转站的作用。保护区核心区内的人员进出和物资运送,都要经过湖头站。我们在湖头站稍加休息,喝茶补充水分后,继续前行。

从这里,我们就开始进入保护区"丫"字左面的那一"叉"——阿克乌鲁衮沟,沟里流淌的河叫阿克乌鲁衮河。阿克,在哈萨克语和图瓦语里都是"白色"的意思。

我问同行的老护林人巴扎尔别克:"我当了那么多年护林员,乌鲁衮的确切意思,还没有搞清楚呢。"

他支吾半天,大概是找不到最为恰当的词语来解释,最后说:"就是'沟趟子'的意思吧。"这和他每次的解释没有什么区别,大概还是"白色的河沟"或"白色的河流"的意思。

不过也确实名副其实,在我们脚下奔流咆哮着的,的确是一条白色的河流。阿克乌鲁衮河是喀纳斯河的最大支流,它发源于中国和哈萨克斯坦的界山加格尔雪山。白色的河水,就来自加格尔雪山下的众多冰川。

阿克乌鲁衮山谷要比喀纳斯河谷窄许多,河谷中间没有特别开阔的谷地和大片的森林。由于河水经常会使河岸的山体塌方,马道不得不一次次向高处转移,行走起来也就更加崎岖艰难。我们经常会为过一个塌方地段,骑马爬上超过70度的大坡,然后再沿70度的大坡下来。虽然路段不长,但耗时很久。我们有时还会在半山腰上穿越一片巨大的石头滩。那些大小不等的碎石,都是几千乃至几万年前地质运动带来的结果。在喀纳斯河谷区域,这样的塌方泥石流随处可见。我时常在想,如果当时这些地质运动再剧烈点,从山顶滚落而下的石头就会阻挡住河流,在它的上游就有可能形成一个新的堰塞湖。那么,喀纳斯区域的景观或许比现在更加丰富多彩。实际上,现在的喀纳斯湖及河道上的许多湖,就是当年冰川运动和地质运动的结果。

我进而想到,在发生了大大小小的地质灾害后,人们总是急于疏通河床中形成的堰塞湖,这是否科学和必要。试想,如果当年喀纳斯周围大大小小的湖泊形成时也有人类存在,而那时的人们和现在的人们一样,及时清除了形成这些湖泊的堰塞体,那么,我们今天还能看到如此美妙的山河湖泊吗？其实,我们人类经常会有一些自以为是、自作聪明的毛病,动不动要和大自然做一番战天斗地的抗争。当自然界发生了灾难的时候,我们是不是应该把大自然的事交给大自然自己去办,让它自我修复和完善,或许不失为最佳选择。

前面一条溪流挡住了我们的去路。溪流不大,但流水淙淙。我抬眼向上看去,溪流上方不远处有一道秀丽的飞瀑。我们弃马徒步,踩着长满苔藓的石块攀登而上。看着不远,我们却足足攀爬了半个小时。瀑布实际是溪流的一处跌水,溪流在流经一段坡度稍缓的草地后,遇到一块凸显的山崖,它们来不及放慢速度,就顺势跳下了山崖。岩石将瀑布梳理成扇状,在周围绿草鲜花的映衬下显得格外耀眼。

满足了好奇心,我们几人顺着溪流返回原路。这时,天空开始下起小雨,马队也把我们几人远远地抛在后面。在小雨中骑马穿越丛林,更加感觉无人区的幽静和神秘。渐渐地,山谷也变得开阔起来,河床更加舒展,马儿也可以快步小跑了。

我们从一段开阔的河段过河,马队从河的左岸转移到右岸继续前行。这里的森林开始变得茂密,绝大部分是西伯利亚云杉和冷杉组成的中幼林。越往里走,森林越密,树干和松枝上长满了松萝。

松萝是一种寄生植物,它靠吸收雨露和空气中的潮气就能生存。过去我们曾经错误地认为,松树上长松萝是因为空气污染和生态破坏造成的结果。当我走过许多无人区后却惊讶地发现,空气越是纯净和湿润,树木上越是容易寄生松萝。松萝生长的多少,恰恰证明了一个区域生态环境的优劣。当然,任何事物都是双刃剑。松萝生长多了,也必定会影响树木本身的生长。在森林中,我们常常会看到周身缠满松萝的高大云杉已经没有几片绿枝,甚至连生命都奄奄一息了。

这让我想起了一件事。前些年,针对松萝影响树木生长这一情况,有人建议从云南引进滇金丝猴,因为它们是松萝的天敌。但有人针锋相对地提出质疑"请你首先解决它们的过冬问题",因为滇金丝猴根本无法抵御喀纳斯区域冬季零下三四十度的严寒。这件事成为保护区内当时广为流传的一则笑话。

在夜幕降临前,我们到达阿克乌鲁衮管护站。天色阴沉,气温骤然下降。看来,今夜会有大雨普降山林。说不定,明天早晨远处的山头上还能看到皑皑白雪呢。

## 第二日(7月31日)

蒙眬中,我们是在"噼噼啪啪"的烧柴声中醒来的。

昨晚,喀猴硬缠着把我的新睡袋换走。结果,他半夜冻得睡不着觉,而我在厚厚的旧睡袋里一觉睡到了天亮。喀猴感慨地说:"看来,新的东西不一定就好,旧的东西不一定就不好。"我说:"不管旧的还是新的,关键要看效果。"就像我和巴扎尔别克这样的老护林员,关键的时候,年轻人还不一定能比得上我们呢。

起床到木屋外洗漱,一丝寒意袭上周身。经过一夜的雨水洗礼,山林在晨霭中泛着幽蓝。薄雾从河谷中轻轻升起,眼看着要弥漫开来,却又缓缓收起。如此反复几次,最终还是没有雾漫山峦。山里的气候就是这样,有时候水汽太大了,因为气温太低,反而拉不起浓雾。太阳从云缝中射出,照亮对面的山头,金光灿灿,昨晚果然雪盖山尖。

阿克乌鲁衮管护站是两座新盖的木屋,木屋的炊烟在晨曦中飘向空中,奶茶的香味从房门里四溢开来。年轻的护林员忙着烧茶做饭,绑马备鞍。这一切,使得这片原始山林有了些许人间烟火的味道。

早晨9时我们上马出发,沿河北上。今天,我们要从阿克乌鲁衮管护站赶到阿克吐鲁衮管护站。两个地名虽然只有一字之差,但穿越两地要跋山涉水,翻越达坂,穿越丛林。也就是说,我们要从"丫"字左面的"叉",跨越到右面的"叉"。

天空慢慢放晴,山谷中雾气开始升腾。马队行走在泥泞的山路上,泥水会随着马蹄的踩踏四处飞溅。穿越丛林时,露水会像雨点一样打在人的身上。但不管怎样,森林中清新的空气总是让人充满愉悦的情绪。

我们来到卡拉迪尔山谷,在此由两条河流汇合而成阿克乌鲁衮河。向西,是欧勒衮河;向北,是卡拉迪尔河。我们今天要沿着卡拉迪尔河北上,然后翻越卡拉迪尔达坂,最后沿着阿克吐鲁衮河谷进入喀纳斯河谷。

进入卡拉迪尔河谷,河水明显小了许多。山路崎岖不平,一会儿是石头滩,一会儿是沼泽地。老护林员巴扎尔别克骑马走在我的前头,不时回过头来跟我说以往巡护时的奇闻轶事。他似乎更加信任他的马和他一样会老马识途,干脆松开缰绳扭头和我聊天。但让他意料不到的是,老马有时候也不一定识途。他的马在经过一个泥潭时由于选错了路线,连马带人陷入了泥潭中。马挣扎了几下跳出了泥潭,巴扎尔别克表现还算灵敏,及时将双脚从马镫中抽出,仰面摔在泥潭中。几个年轻的护林员将他从泥潭中拉出来,他的下半身已经满是黑泥。

好在离河水不远,将马和人都弄到河边,很快都洗干净了。

巴扎尔别克有一点儿不好意思:"我骑了一辈子马,还从来没有从马背上掉下来过。"

我说:"今天这叫阴沟里面翻大船啦!"

中午12时许,我们来到卡拉迪尔河沟的深处。这里,山势已经不同于阿尔泰山前山地段那般平缓无奇,山体开始变得陡峭挺拔。越往深处,越是层峦叠嶂,山顶之上奇峰突起,白雪皑皑,雾气弥漫在雪峰之上,雄伟的阿尔泰山从这里开始尽情展现它的风姿。

在绿草如茵的河边搭锅起灶,不失为绝佳的选择。巡护队员们下马休整,开始准备今天的午餐。

小河对岸的原始森林一直生长到半山腰上,再往上,是茂密的灌木林和夹杂生长着的稀疏松林。在一片巨大的碎石滩的上方,一道瀑布从山顶倾泻而下。瀑布来自何方,为何出现在碎石滩的上方,其中的奥秘吸引着我们要去一探究竟。

商议之后,决定留下大部分队员在河边做饭休整,我和巴依尔、喀猴三人组成小分队前去瀑布。我们三人骑马过河,在密林中爬至乱石滩的底部,马已经无法再往前迈出一步。于是,我们开始弃马爬山。从河谷对岸看,乱石堆的石头并没有多大,好像从一块石头踩着另一块石头很轻易地就可以上去。但真正到了跟前才发现,乱石堆上的石头大小不等,大的足有一间房子那么大,小的也不亚于一张桌子。要想从一块石头爬上另一块石头,必须要手足并用。有几块特大的石头,我们不得不用绳索做工具,一个一个地攀爬上去。这让我想起了在这样的环境下,为什么棕熊始终是爬行动物而没有进化到直立行走的阶段,爬行对于它们太有现实意义了。此时,我们这些早已进化到直立行走的人类,在这样的环境下也不得不重温我们祖先的行走模样。越往上走,瀑布的声音越大。快要接近瀑布时,

河水有些刺骨,但马已经习惯了　　　　向京摄

我们向河谷看去，穿越过的森林在我们的脚下足有五六百米远，蹚过的小河更像涓涓细流，而马队和我们的其他队员则像蚂蚁一样，星星点点地在河边玩过家家的游戏呢。

那么现在，让我来说说眼前这条壮美的瀑布吧。这条瀑布，是从一块巨大无比的花岗岩石上飞泻而下的。当然，这块花岗岩一定不是齐头齐脑的那样一块规整的石头，如若那样，这道瀑布一定称不上是一道好看壮观的瀑布。想当年，这里的山体绝大部分是白色的花岗岩体，剧烈的冰川运动使这些坚硬的石头被切割成大小不等的碎块。冰川运动的力量足以将一座山头削为山谷，它们将花岗岩体源源不断地运送到现在喀纳斯的中山地带。冰川退缩后，遗留下来的，是我们脚底这些被冰川遗落的碎石。好在冰川带走的，是当年阻碍它自由行走的山体。而这些悄无声息的无名之辈却得以幸存，而今，它们俨然成为这一带的高山雪峰。我们眼前的这道瀑布，正是从这些前世残留的雪峰之上蜿蜒而下，滴水成河，百川汇集，最后在这块当年残存的岩石上攒足了气力，然后倾泻而下。

我们目测这道瀑布，上下足有四层楼房那么高，宽度足有四五十米。现在，正是枯水季节，如果是丰水期，它的壮观程度，无须述说也可想而知了。但不管怎样，现在的这道瀑布已经足以证明它是喀纳斯区域最大的瀑布。叫它瀑布之王，实至名归。

喀猴感慨地说："原来喀纳斯也有大瀑布啊。"我说："只是它藏在深山人未知呀！"

我们从瀑布的左方，艰难地移动到右方。随着视角的变换，瀑布也在变换着它的形状。但不管怎么变化，这道瀑布始终不变的，是它的大气磅礴和雍容华贵。在这样的瀑布面前，没有人会舍得扭头离去。

当我们再次像棕熊一样手脚并用攀下山崖时，已经整整耗去了3个小时。匆匆用过午饭，抬头看见河谷对岸的山头已经堆满了黑云。巴扎尔别克说："看来又要下雨，我们得赶快走。"老天爷很给面子，在我们攀登山崖探寻瀑布时，它始终在用蓝天白云眷顾着我们。

骑马继续行进，展现在我们面前的，是一幅极具西伯利亚特征的山水油画。大花柳叶菜开满在河床边。乳白色的河水舒缓地流淌在河谷的灌木林间。茂密的松林从沟底向峡谷两侧的山腰铺展。两岸的青山巍峨挺拔，高耸云间。谷口的正北方是加格尔雪山下高大磅礴的卡拉迪尔达坂。

我们此刻，正是要去翻越那雪山之下的卡拉迪尔达坂。

深山里的天气变化无常，河谷对岸山顶的乌云随着风势向我们挤压过来，把刚才还是蓝天白云的北方天空涂抹得灰蒙蒙一片。应了刚才巴扎尔别克的话，是要下雨了。细雨伴随着寒风很快就追上了我们的马队，所有人都将能穿的衣物全都穿裹在身上。越往北上，海拔越高，气温也就越低，细雨渐渐变成了雨夹雪。继续向北已经无路可走，风雪之中隐约可见的冰山挡住了我们的去路。现在，我们要向东翻越卡拉迪尔达坂，这是通往喀纳斯河谷的唯一通道。

卡拉迪尔达坂不像果戈西盖达坂那样险峻，但它高大得似乎让人永远都爬不到山顶。天空中纷扬着鹅毛大雪，脚底下是雪水泥泞的草地，马队在爬完一个坡梁后前方又会出现一个望不到尽头的坡梁。连续几天的降水，高山草甸已经被浸泡成了雨雪交融的沼泽地。这里，竟有一处牧人的毡房。一白一黑两只大狗狂叫着远远地迎接我们，毡房前站着两个年轻的牧人。由于环境严酷，这一家只留有这两兄弟在这里放牧。海拔过高，这里不长树木，甚至连灌木都不生长。几截从沟底拉来的松木被两兄弟高高地供在毡房门口，生怕被雪水打湿了，那是他们用来生火做饭的唯一燃料。还有棕熊，两兄弟告诉我们，棕熊常常前来骚扰他们的生活。他们经常眼睁睁地看着体态肥大的棕熊大摇大摆地走进羊群，然后扛起一只肥羊向后山扬长而去。我们顺着牧人兄弟给我们指的道路继续往前走。他们告诉我们，爬到前方的那个坡顶，有一个图瓦人堆起的敖包，那里就是下山的道路了。在敖包处，我们仿佛站在了天上。

都说上山容易下山难，不光徒步如此，骑马同样如此。而且，上山爬多少的坡，下山也要走多少的路。天空不再风雪交加，但云雾遮挡住下山的道路，我只感觉眼前是一个巨大的山谷。马儿在几近垂直的山道上谨慎下行，不时会在湿滑的草地上打几个趔趄。隔着云雾，我隐约看到脚下的山谷中有一道蜿蜒的白色河流，起初我以为是喀纳斯河，但随着云开雾散，发现山谷中没有几棵树，河流也是发源于不远处的几座冰山。猜测这一定就是阿克吐鲁衮河了，它和阿克乌鲁衮河并行流入喀纳斯河的上游。也就是说，我们昨天从阿克乌鲁衮河流入喀纳斯河的入口进入，绕了一个巨大的弯子后，现在即将从阿克吐鲁衮河汇入喀纳斯河的交汇处出来。举一个简单的例子，如果喀纳斯河是一面旗帜的旗杆，那么我们这两天行走的路线，就是这面向左面飘扬的旗帜的边沿。

但前方，仍有漫长的下山道等待着我们去艰难地走。

## 第三日（8月1日）

早晨，醒来时我才断定自己确实是睡在阿克吐鲁衮管护站的木屋里，因为我做了一晚上的噩梦。在梦里，我一会儿睡在盖满厚厚白雪的卡拉迪尔达坂上，一会儿还在漆黑的夜里骑马走在陡峭的山崖上，一会儿又是阿克吐鲁衮管护站的护林员在晚霞中迎接我们。我确定不了这些梦境的真假，我多么希望醒来时自己是真实地睡在管护站的木板床上。

昨天，我们确实走了太多的路，经历了风霜雨雪，也经历了蓝天白云，最后，还看到了晚霞照映雪山的景致。下阿克吐鲁衮河谷时，喀猴的马开始拒绝下山了。无奈，喀猴只好徒步牵马下山。我们下到阿克吐鲁衮沟底，喀猴和他的那匹可怜的老马还在半山腰上。我们在沟底下马休息，等待喀猴和他的马慢慢下到河谷。天空开始放晴，从沟口向喀纳斯河谷对岸的层层雪峰看去，朵朵白云正从山尖升起。夕阳从我们下来的大山的另一面斜照到山谷对面的山头，条条溪流像白色的玉带从冰雪末端缓缓流向山谷。阿克吐鲁衮河像欢快的小马驹奔向喀纳斯河谷，河边大片的大花柳叶菜盛开着紫色的花。渐渐地，天色变暗，西天涂抹上了几片橘红色的晚霞。我问巴扎尔别克:"大概还有多长时间下到阿克吐鲁衮管护站?"他说:"大概两个半小时吧。"听了他的话,吓得我们全都伸长了舌头。难怪,我们昨晚到达阿克吐鲁衮管护站时,早已空山寂静,夜幕降临。

今天,是巴依尔和巴尔斯的节日。起床后,大家都非常绅士地向他们表达了祝福之意。大学生军官巴尔斯说,能在巡边途中过一个节日,还真有意义。巴依尔和巴尔斯都是当地土生土长的图瓦人。巴依尔是白哈巴村人,应征入伍后,作风和军事过硬,现在已经担任了喀纳斯边防派出所的副所长。巴尔斯是喀纳斯村人,是个80后,大学毕业后入伍提干,现在已经成为派出所的业务骨干。从这两个年轻人身上不难看出,当地人通过自身努力,不仅融入现代社会,并且已经成为保护和建设家乡的重要成员。

昨夜又下了一场大雨,空气中充满了雨水和青草的味道。巴依尔和巴尔斯帮助年轻的护林员在马背上捆绑行囊。看得出,他们从小就练就了这些在山里必须熟练掌握的生活技能。

今天我们将沿着喀纳斯河谷前往白湖,沿途大多是较为平缓的原始森林和林中空地。用巴扎尔别克的话说,与昨天的路途相比,我们今天走的将是高速公路。这也就使我们有了足够的时间来探讨一些平时感觉好奇的问题。

我一直弄不明白,阿克乌鲁衮和阿克吐鲁衮两条河流的名字如此相似,仅这一字之差究竟蕴含着什么意义。按照巴扎尔别克的解释,应该都是"白色的沟趟子"或"白色的河流"的意思。我就对此有异议,如果真是一个意思,为什么两者非要差一个字呢?喀猴却有他自己独到的见解:对于阿克乌鲁衮,因为河谷较小但河水流量大且水流湍急,翻译成"白色的河流"应该没有问题;而对于阿克吐鲁衮,主要说的是这条峡谷的幽深和幽静,那么翻译成汉语的标准意思应该是"流淌着白色河流的幽深峡谷"。一条说的是河流,一条说的是峡谷。这样解释似乎很有道理,小的河谷流淌着一条白色的大河自然是白色的沟趟子,高深的峡谷中间流淌着一条白色的小河自然是流淌着白色河流的幽深峡谷。

巴扎尔别克说,从现在开始到白湖,途中还要经历10个沟趟子。大家都说,我们经历了阿克乌鲁衮和阿克吐鲁衮两个那么大的沟趟子,你的这10个小沟趟子还能算得上是沟趟子吗?

马儿和骑在它背上的人们今天心情都很愉快,密林中不时传出马儿快乐的响鼻声和人们欢快的笑声。

巴扎尔别克更是来了兴致。他说,我给你们讲一个故事吧:从前,有一个老汉,在他快要离世的时候,看着自己的老伴想说什么话又不好意思说出来。老伴对他说,老头子你有什么话你就说吧,我受得了。老汉从他睡的毡子底下摸出5个羊髁石,含着眼泪说,老婆子,我对不起你,我这一辈子嘛背着你有过5个相好。老伴听后走出门去,回来的时候围裙里兜了28个羊髁石。

我们全都在马背上笑翻了。喀猴说:"你的这个故事嘛,我们都听你讲了28遍啦!"

我说,老巴下一次再讲这个故事,就是

29个羊髀石啦!

自然,我们接下来经过的10个沟趟子,就像10个小渠沟,在我们的欢声笑语中,轻而易举地被我们的马蹄甩在了后面。

从阿克吐鲁衮管护站到白湖管护站,正常速度要用3个小时,而我们今天只用了两个小时多一点就到了。白湖管护站是喀纳斯保护区内最远的管护站,距离中俄边境不足10公里。这里由于是保护区的核心区,至今没有人类生产生活的痕迹,因此它保存着喀纳斯区域最为完整的自然生态体系。

中午,我们在白湖管护站吃过午饭,接着骑马赶往7公里外的白湖。今晚,我们要露营在白湖湖边。明天,我们将利用一整天时间,对白湖周边进行巡护和野生动植物普查。

我们用一个小时的时间到达白湖的西岸。湖边青草没过膝盖,在我们到来之前,这里没有一丝人类活动的迹象。柳兰、穿叶柴胡和聚花风铃草成片地开放在湖边的草地里。几棵当归孤零零地生长在湖边的石头缝隙中,愈加显得玲珑妖媚。湖北坡的果戈习盖达坂高耸入云,看不到山头。湖南岸的别迪尔套山重峦叠嶂、雪峰连绵。正前方的群峰上升起大朵的白云,乳白色的湖面在下午阳光的照耀下显得格外明亮。置身于这样的环境中,三天的马背颠簸劳累顿时化为乌有。我们每个人,像打了鸡血,兴奋异常。

在天黑以前,我们要做好两件事。一是搭建好晚上睡觉用的帐篷;二是利用风倒木做一个明天过湖用的木筏。我们分为两组,巴依尔和巴尔斯带一组负责搭建帐篷和做晚饭,巴扎尔别克和喀猴带一组负责找木头做木筏。我这个老护林员负责给两个组的人拍照留念,记录他们的工作过程。很快,5顶帐篷搭建好了,巴依尔和巴尔斯开始给我们做晚上吃的抓饭。而做木筏子就没有那么简单了,首先要找来不粗不细的几根风倒木(太粗了会很重,太细了又承载不住6个人的重量),然后截成5根差不多4米长的木筏原材料,中间再用4根小木棍把5根木头用钉子和铁丝连接牢固,木筏子就基本做成了。光有木筏子还不行,还得有划木筏用的桨。于是再找来6根干木棍,用斧头砍成木桨。

木筏子完全做好放在湖边时,太阳离西边的山头还有一丈多高。抓饭的香味开始从帐篷边飘过来,经过一下午的体力劳动,这时大家都感觉到真的饿了。

吃过晚饭,太阳还没有落到西面的山头。我来到湖边,欣赏这人迹罕至的湖光山色。白湖本来的名字叫阿克库勒,直译成汉语就是"白色的湖泊",因此人们通常就叫它白湖。白湖因湖水终年呈白色而得名。白色的湖水来自友谊峰西南侧的喀纳斯冰川及白湖周围大大小小的众多冰川。在冰川运动中,白色花岗岩相互挤压,在冰层中夹杂着大量花岗岩粉末,冰川融化时,这些白色粉末被河水携带着流入白湖。从空中看,白湖是一个倒写的"人"字。"人头"是出水口,两条"叉"是进水口,靠北边的一条进水口来自友谊峰下的喀纳斯冰川,靠南边的一条进水口来自发源于友谊峰南坡的布的乌喀纳斯达坂。当然,这只是白湖的两条主要水源补给地,白湖周围的众多冰川也在为它源源不断地输送着水源。

就在我把自己的思绪放在空中尽情描绘着白湖周围的山川河流时，一阵山风吹过，从果戈习盖达坂的山顶涌来一片黑云，接着天空下起了小雨。我在想，如果过一会儿雨过天晴，太阳还没有下山，在白湖的上空很有可能会出现彩虹。因为下雨的地方只是我们的头顶和靠近我们这一边的白湖的上空，白湖对岸的天空依旧是蓝天白云。很快，山风将头顶的乌云吹散，太阳从西面的山头向白湖的方向照射过来。这时，我们所期盼的奇迹果真发生了！我们看见一道彩虹渐渐出现在白湖的上方，而且，这道彩虹愈来愈清楚，最后竟然变成了两道七色的彩虹。在喀纳斯区域，由于特殊的自然环境，雨后经常能看到漂亮的彩虹。能在白湖之上看到横跨两岸的双道彩虹，而且它的背景是洁白的湖面、两岸的群山和对岸的雪峰以及雪峰之上的蓝天白云，这真的有一点像在梦境中看到的景象。但同伴们的欢叫声告诉我，这一切的确真实地发生了。巡护队员们全都簇拥到湖边，惊叹这在人世间看到的只有在梦中才有可能出现的美艳绝伦的奇特画面。双道彩虹在湖面上足足持续了十几分钟，最后，圆弧慢慢开始变淡，而插入靠近右岸湖水中的那两根弧柱，却越来越清晰地倒映在白色的湖面上。

我们全都肃立在湖边，面朝东方，向这个神圣的景致行注目礼。

当太阳的光芒被西边的山头遮挡住时，我们刚才看到的一切立刻不复存在。巡护队员们相互拥抱，祝贺大家刚才看到了那难得一见的绝美景色。但热闹间忽然发现人群里多了两个年轻人，这着实吓了我们一跳。喀猴最先认出他们。两个年轻人分别是小崔和小陈，他们是中科院派来的研究生，专门调查白湖区域野生动物的种类和分布情况。他们已经在白湖周围的高山森林和湖区安装了30多台红外感应自动摄像机，每天都要在这深山老林中徒步行走十几公里。小陈手中拿着一个纸袋，他告诉我们，他们刚才在湖边采集了棕熊的粪便，从粪便的新旧程度看，棕熊应该在昨天来过这里。

小崔和小陈还要赶到7公里外的白湖管护站，他们的身影很快消失在暮霭里。

我们提醒他们："走夜路，注意安全，明晚我们也返回白湖站。"

"明晚白湖站见。"丛林里传出他们稍显稚嫩的声音。

## 第四日（8月2日）

昨晚，我们的马就散放在我们睡觉的帐篷周围吃草。俗话说，马不吃夜草不肥，马全靠在夜间吃草补充能量。而且马是直肠子，可以一天到晚站在那儿不停地吃草。在草原上，你看不到一匹马是卧在那儿或是躺在那儿的。如果有一匹马躺在了地上，那它一定是一匹生病的马或者是一匹即将死去的可怜的老马。

马吃草的声音陪伴着我们睡去又醒来。在这样的声音中睡觉，人会感觉到极度的安全。马是极有灵性的动物，有马陪伴在身旁睡觉，就不用担心夜间会有棕熊或是其他野生动物侵扰我们。马虽然斗不过棕熊，但它在紧急情况下会嘶鸣和扬蹄，它会提醒熟睡的人们将有危险到来。自然，野生动物在这种情况下也不愿让自己处在任何危险之中,通常它们会转身离去,不会做无畏的冒险。

清晨,我穿好衣服,拉开帐篷的拉链钻出来,帐篷的外层防雨布结上了一层寒霜。天空晴朗,山林寂静,白湖沉醉在一层淡淡的晨曦中。巴依尔已经在生火做饭,火苗从石头垒砌的炉灶底欢快地舔着茶壶的周身。一缕青烟先是在松林间缭绕,然后慢慢飘向湖面,最后和湖面上轻薄的晨雾融为一体。太阳还被东方的山头遮挡在背后,但它早已把南岸雪山冰峰的尖顶照亮。光线从山顶逐渐向山下移动,等到移动到山腰之下,朝阳从东方的山尖处猛然跃出,我们所在的湖岸被阳光普照。

早餐后,我们巡护队分为两组,一组由巴扎尔别克带队,留守在驻地,就地查看巡护。我和另外5人组成一组,划昨天做好的木筏沿白湖的周边巡护。这另外5个人是:巴依尔、巴尔斯、喀猴、恰特克、木拉提汗。

刚出发时我们几个人划桨的动作很不协调,木筏要么原地不动,要么就地打转。后来,巴依尔像训练军人那样给大家做示范,喊口号,不厌其烦地给大家讲基本动作要领。最后,经过突击训练的6个人终于做到动作一致,用力均衡,木筏才向着湖心慢慢移动。

这是我们有生以来第一次在海拔1900多米的白湖上划桨前行。要知道,白湖最深处达137米,平均水深也达到45米。在这样一个深水冰湖中划木筏渡湖,稍不留神后果将不堪设想。因此,我们选择沿湖边划行的线路,始终和湖岸保持着二三十米的距离。这样,一旦遇有不测,很快就可以靠到岸边。

我们是从白湖"人"字形的湖头向里进发的,现在我们将沿着"人"字形的一"捺"进到喀纳斯河流入白湖的入湖口,再拐到"人"字形的一"撇"划行到白湖的另一个入水口布的乌喀纳斯河,然后,从那里登上别迪尔套山,考察那里的冰川冻土和野生动植物资源情况。

在面积达9.5平方公里的白湖上不靠机械动力,全凭人力划桨来沿湖考察,在用力划桨的时候认真想一想这件事,我们这些人的胆子还真够大的。要知道,白湖的面积虽然不到10平方公里,但它的湖面是不规则的,它是一个"人"字形状的湖。而且,我们的划行将是沿着这个"人"字的周边划行一圈,这一圈,少说也有十几公里。

就在我们的木筏拐入喀纳斯河谷方向的时候,喀猴兴奋地压低声音喊道:"快看,那个入水口的岸边有一只棕熊。"我们迅速将木筏划行靠岸,借助岸上的石头做掩护,观看入水口那边的情况。

在喀纳斯河流入白湖的白色沙滩上,我们清楚地看到一只体型庞大的棕熊独自在那里戏耍。它一会儿低头喝水,一会儿抬头向四周张望。我们用望远镜想搜寻还有没有它的同伴,但周围没有任何动静。喀猴说,这是一只公熊。没错,在这个季节,正是幼熊的成长期,母熊都会带着它们的孩子在自己的领地四处觅食。这些年,我们巡护中看到的母熊一般都会带着一到两只小熊,最多时我们看到过一只母熊带着3只小熊在山坡上玩耍。而公熊就不同了,公熊在山林中往往都是独来独往,如同孤家寡人一般。母熊只有在发情期才会允许公熊在身边存在,它们一旦怀孕生子,就会远离公熊,爱子如命,全身心地养育自己的孩子。因为公熊为了占有母熊,往往会不择手段地杀害幼熊,所以母熊在哺乳期间绝不会让公熊靠近身边半步。在公熊面前,母熊会显示出极强的护子本能。

我们想要把木筏再往前划一点,以便更清楚地观察公熊的活动迹象。但公熊似乎觉察到了我们的存在,快速向入水口对岸的密林跳跃着跑去。公熊跑几步还要停下来,回过头来向我们这边张望一下,显得极不情愿的样子。

我们继续划着木筏,从"人"字的一"捺"划向"人"字的一"撇"。但这一"捺"到一"撇",足足耗费了我们3个小时。

临近午时,我们才把木筏划行到布的乌喀纳斯河流入白湖的入水口。我们真正体验到了什么叫作"逆水行舟,不进则退"。从喀纳斯河入水口划向"人"字的拐弯处,基本上是顺风顺水,大家节省了不少的体力。但一过拐弯处开始往布的乌喀纳斯河的这条沟划行的时候,既逆风又逆水,人累得半死,却感觉不到木筏是否在前进。我们索性把木筏靠近湖的岸边划行,这样既可以远离河道的主流,又可以借助山势阻挡风对木筏的阻力。

我们进入白湖的这一条入水口处的沙滩,这应该是人类有史以来第一次涉足这里。为了减轻木筏的负荷,我们只带了一小袋干粮和一只烧水的茶壶。巴依尔的野外生存能力非常强,他找来一根胳膊粗细的木棍,斜插在沙滩上,用刀子在离地五六十厘米的地方刻了一个深槽,将打上水的茶壶挂在木杆上,然后在茶壶底下点起一堆火。很快,我们就喝上了热气腾腾的茶水。

就在巴依尔做着这些的时候,喀猴和巴尔斯也没有闲着。喀猴在河谷沙滩的灌木林里发现了许多大小不等的棕熊的脚印,他把它们一一拍照并记录下这些脚印的特征。巴尔斯在认真地擦拭着他一路背来的半自动步枪,他的任务是在野生动物袭击我们的时候开枪吓走它们。恰特克和木拉提汗却在那儿争论,他俩到底谁留下来看护木筏。喀猴做完他的工作回来决定说:"恰特克腿长爬山快,还是木拉提汗留下来看护木筏。"实际上,在这样的环境里,没有人愿意一个人待在一个地方,集体行动是最安全的选择。

喝完巴依尔烧的热茶,我们现在开始创造一项类似于人类登月的历史纪录,攀登白湖南岸的别迪尔套山。的确,这里是名副其实的无人区。无论是从东西南北,无论骑马和徒步,都无法进入这个区域。东面,是白雪皑皑、高大巍峨的友谊群峰;南面,是连绵的雪域高原和亘古冰川;西北面,则有崇山峻岭下的白湖和汹涌冰冷的几条大河阻挡。用木筏做交通工具并成功横渡了白湖,这在白湖上还是首创。

从第一步开始,我们已经切实感受到,今天要攀登的这座山不仅仅是立体的,还是陡峭的,并且是高大的。我们选择从一处山脊登山。首先,我们要穿越500米左右几近在垂直山体上生长的密林。这里主要生长着西伯利亚云杉、冷杉和很少部分五针松,林下多为柳属乔木及其他交错生长的灌木。在这样的丛林中登山的难度可想而知。我们选择沿山脊攀登，就是为了能很好地观察地形，避免在密林中迷失方向。

在这样的原始密林中穿行，尤其要防范野生动物的偷袭。这一区域，正是棕熊活动的领地。巴依尔从巴尔斯手中接过半自动步枪走在前面，剩余几人紧随其后。越往上攀登，山势越陡峭，森林就在岩石之上。我们脚下是长期积累的厚厚的腐殖质和潮湿的苔藓，稍不留神双脚就会陷进石缝当中。忽然，巴依尔在前面示意我们停下脚步。我们全都躲在岩石下，屏住呼吸，不敢发出任何声响。山林寂静，空气凝重。我们这时最害怕听到的是巴依尔的枪声，毕竟和棕熊狭路相逢，是大家都不愿碰到的事。过了一会儿，巴依尔又打手势叫我们过去。他指着地上的一堆棕熊粪便说："看，应该是棕熊昨天从这里走过留下的。"我们愈发感觉到棕熊随时都有可能会忽然出现在我们面前，身边随时都可能发生危险，大家都紧紧跟在巴依尔身后，生怕自己掉队后成为棕熊的腹中美餐。

终于，我们手脚并用地攀登到林子的尽头。站在山脊的一块凸出的岩石上，脚下是一条深深的"U"型谷，河谷中流淌着一条蜿蜒的河流。河谷的最上方，是连绵的雪山。雪山之下是一条冰舌严重萎缩的冰川，小河正是发源于这条冰川之下。喀猴说，这条冰川名字叫48号冰川，今天终于能够近距离看到它了。这是喀纳斯湖区域内200多条冰川中的一条，实际上，这些冰川绝大部分都集中在喀纳斯河的上游区域，喀纳斯河包括它下游的喀纳斯湖，正是由这每一条冰川融化后形成的涓涓细流汇集而

成。冰川融化后形成了河流和湖泊，流向下游，滋润着广袤的大地。而冰川本身，却像耗尽了血液的躯体，不断向后萎缩。我们眼前的这条冰川，就足以证实喀纳斯现有冰川向后加速退缩的严重性。

天空中开始涌起朵朵白云，对面雪山的轮廓时而清晰，时而模糊。这几天的天气很有规律，早晨是碧蓝的晴空，中午大朵的云彩布满天空，到了下午就变得黑云压顶，免不了有一场或大或小的雨。看来今天也不会例外，我们必须加紧后面的行程。

好不容易才将密林甩在了脚下，前面又是大片的石砾堆满山腰。接下来的路程和我们第二天去看瀑布的艰辛程度差不了多少，我们必须从一块石头跳向另一块石头往前行走。这些石砾都是数千年前地质运动时从山顶上滚落下来的，石砾上的石藓足以证明它们的年代。我们向山下看去，白湖已经开始呈现在我们面前。但现在我们看到的白湖，只是细长的一条白色湖面，因为我们现在的高度还不足以看到它的全貌。

我们要看清白湖的全貌，就必须向上攀登到足够的高度。当我们跋涉过漫长的石砾堆，紧接着阻挡我们的是浓密的灌丛，这些灌丛是清一色的高山小叶桦。它们应该是疣枝桦的变种，因为海拔太高，它们不得不变异成低矮的灌丛，在这里匍匐着生长。也正因为如此，小叶桦枝干交错，长得极为稠密。而且这里山势陡峭，我们每迈出一步，都要用手拽住上方的灌丛，手脚并用向前跋涉，否则我们只能困守原地了。在这高高的山巅之上，在低矮灌丛中的碎石堆中，大花柳叶菜和西伯利亚楼斗菜正娇艳

地开放。

就这样，白湖在我们的脚下，一寸一寸展现开来。起初，它只是一道细长的湖面，随着我们一步步登高，它一点点将它的面貌变宽变长。当我们攀登到海拔超过3000米的高山草甸处，我们的脚下几乎已经没有了可供站立的土地。这里是超过70度的陡坡，每走一步，都会带动无数的碎石向山下滚落。再向上攀登，已经不再可能。我们决定停下脚步，终止这次以生命为赌注的攀登。我们依着山势坐下来，平心静气地面朝山谷，内心不由肃然起敬。在我们的眼前，在崇山峻岭之中，分明是一片呈"人"字形的乳白色的湖。这片湖，最初我们看不到它的形状，但随着我们一步步登高，它愈来愈神奇灵异地展现在我们的面前。看着眼前这片像牛奶一样洁白的湖，我们既兴奋又自豪。在这个从来没有人类涉足的高山之上，我们是用我们的双脚，一步一步地将眼前的这个湖丈量成了"人"字的形状。

白湖的上空布满了阴暗的乌云，我们必须赶在天黑之前返回白湖管护站。我们后面的路还长着呢，要连滚带爬地下山，要将木筏从湖尾再划回湖头，还要将湖头的帐篷收起，骑马回到白湖管护站。当做完这一切，不到夜幕降临，那才怪呢！

## 第五日（8月3日）

本来我们是下决心要睡到自然醒再起床的，但这个自然醒来得过早。也许是因为昨天我们都付出了太多的体力，使得我们夜晚的睡眠质量过高；也许这山林之中的负氧离子过于充分让我们在最短的时间就恢复了体力。总之，这几天我们虽然睡得晚，但都能早早地醒来。而且，过量的体力付出并没有让我们感觉到丝毫的身心疲惫，相反，我们每个人都变得精神倍增并且身轻如燕。

我走出炉火正旺的木屋，室外的遍地野草铺满寒霜。今天又是一个好天气，峡谷上方的窄长天空上没有一丝云彩。白湖管护站所处的位置是整个喀纳斯河谷中最为狭窄的地段，西面是陡峻的山坡，东面是滔滔奔流的喀纳斯河。河谷的宽度不足200米，是一个"一夫当关，万夫莫开"的险要通道。正因为如此，这个管护站也成为阻挡非法采挖人员越境采挖的最后屏障。它在喀纳斯保护区所承担的作用是别的管护站无法替代的，我们戏称它是我们这个区域最后的一道国门。

一只星鸦像箭一般从管护站前的小树林飞向河边的丛林，我跟随而去。星鸦在飞行时总会发出"嘎"的叫声，不同于其他的鸟类，它鸣叫的声音直接而干哑，就像它飞行的速度，声到身到，直来直往。我在丛林里找到它的身影时，这个可爱的小家伙正在一棵红松上啄食松子。星鸦是针叶林中的精灵，每年在松子成熟的季节，它都会采摘大量的松子埋在树根底下。到了冬季和春季，它就会在林中寻找自己贮藏的食物。当然，它们找到的往往不一定是自己埋在地下的食物，它们有可能吃到的是它的同类偷藏的食物。但不管怎样，星鸦们享受着彼此的劳动成果，同时也在做着给森林更新育种的工作。这只星鸦似乎也发现我对它观察太久，不等吃完一个松塔上的松子，又箭一样地从密林中飞走了。

我回到管护站，巡护队员和管护站的小伙子们也三三两两起床了。直到这时我才看到小崔和小陈的身影，他们俩昨天出去收取安装在各个点上的红外感应自动摄像机，晚上比我们回来得还晚。

小崔打开他的电脑，让我们观看从摄像机上下载的照片和录像。他们昨天总共取回了7台自动摄像机，但摄取的内容已经足够让我们兴奋不已。这些摄像机白天工作是靠捕捉到动物移动的目标，晚上工作是靠动物活动带来的热感应。而且摄像机捕捉到拍摄目标后先是连拍2张照片，紧接着开始录像。摄像机记录下来的有棕熊、马鹿、貂熊、雪兔等珍稀动物，而黑琴鸡、花尾榛鸡、松鼠及鼠兔等就更是镜头中的常客了。其中一个镜头特别有意思，一只成年母熊带着两只幼熊来到摄像机前，母熊对着摄像机研究了半天，最后像是要尝尝摄像机的味道，伸出舌头把镜头舔得模糊不清，似乎是感觉味道不好，便扬长而去，小熊尾随其后像躲避瘟神似的狼狈逃窜。小崔和小陈告诉我们，等一个月后30多台摄像机全部取回后，一定会有更多珍贵的动物和它们活动的画面呈现给大家。仅从目前这几台获取的资料来看，对喀纳斯实行保护并禁猎20多年来，保护区内的野生动物，无论在种类上，还是在种群上，都得到了非常有效的恢复，这着实令人欣慰。

吃完早饭，我们开始返程。今天，我们的任务就是返回喀纳斯湖下湖口区。还记得我前面说过，我们这次行程是一个向西飘扬的旗帜的形状吧？是的，我们今天就是要从旗杆的杆顶返回到旗杆的底部。虽然行程单一，但要骑在马背上整整走8个小时。

告别白湖站，我的内心隐隐生出一丝悲凉的情绪。当了那么多年的护林人，也算是走遍了喀纳斯的山山水水，仅白湖我就来过5次。如今，我的头发已经变得花白，体力也明显感觉不如从前。像这样的巡护，不知道自己还能再来几次。在大自然面前，一个人就像一只小虫子那样弱小和无助。

山谷冬景　　　　　　　　　　康剑摄

短短的几十年时间,人从出生到逐渐老去,仿佛是一瞬间的事情。当回过头来看看自己经历过的一切,顿感人生苦短,生命如梭。但让我们庆幸的,是身边的大自然还青山依旧,流水如常。

我们骑马在丛林中穿行,返程的马儿总是情绪高涨,健步如飞。这是一片成年林,树干粗大,树冠参天。五针松是这片森林中的佼佼者,堪称"林中之王"。五针松挺拔俊美的身姿,一直以来总是让我叹为观止。它笔直粗壮的腰身,娟秀婆娑的树冠,让同林中的其他树种自惭形秽。也正因为这是一片成年林,林中的倒木也大多是参天的古木。一棵树,它也有自己的生命周期,只不过它的轮回要大过我们每个人的几倍甚至十几倍。通常,我们看不到一棵树从生长到死去的整个过程,就像一棵树无法证实冰川消融的整个过程一样。实际上,大自然和我们人类一样,也在进行着生老病死的演变。只是我们每个人的一生太短暂,以至于根本看不到大自然从有到无的周期变化。

早些年,冰川学家崔之久教授告诉我,我们现在正在行走的这条喀纳斯河谷,在2万年前,还被几百米厚的冰川覆盖着。那时,喀纳斯区域大部分山川河谷都覆盖着冰川。而在更早期的12万年前,喀纳斯的冰川甚至长达100多公里,一直延伸到现在的驼颈湾区域。这还都是现代冰川,至于古冰川,那都是20万年以前的事了。比如地球两极周围所覆盖的冰层,它们的寿命都可以追溯到20万年以前。我记得我追问教授:"那么我们眼前的冰川彻底消融之后,我们人类该怎么办?"教授显得非常乐观:"还会有一个冰期要到来。"我再问:"在那个冰期到来之前我们怎么办?"教授显得很严肃:"所以我们经常提醒人类,最好不要人为加速眼前这些冰川的消融。"我记得当时我们都沉默很久。

现在,骑马走在深深的河谷里,我努力地展开想象,想象教授所说的古时的冰川,该是何等的绮丽壮观和不可名状。那时的冰川应该像一只巨大的冰盖,把阿尔泰山的崇山峻岭覆盖得白茫茫一片,它们在阳光的照射下放射出晶莹剔透的蓝色光芒。壮丽磅礴的冰川为每一条河流提供着丰沛的水源,额尔齐斯河一定宽阔得茫茫无边,奔腾的河水使得两岸的广袤大地绿意盎然,生机勃勃。

但这些年,我们又的确看到了大自然加速演变的另一面。气候在变暖,冰川在消融,河水在变少,草原在退化。这一切,与自然本身的演变周期有关,但我们人类对自然的过分贪婪的索取也加剧了它的恶化。在大自然演变进程的这一出大戏里,我们人类往往充当不好主角,也饰演不好配角,我们经常扮演的是遭人唾弃的丑角。我们既然没有能力演好主角和配角,我们能否尽量少去扮演可恶的丑角。更多的时候,我们只需静静地躲在一边,老老实实地充当大自然的观众,少去人为地招惹它,而应努力地适应它,顺应它,呵护它,欣赏它,更不要做什么人定胜天的所谓大事。就像我们面前的这些冰川、河流和湖泊,人为地稍微触碰,可能就会带来巨大的灾难。

湖泊来源于河流,河流来源于冰川。那么,当这些日益萎缩的冰川最终化为乌有的时候,我们眼前的河流和湖泊中流淌着的,还会是我们人类赖以生存的生命之水吗?那时在大地上流动的,一定只有黄沙、乱石,土地也会干裂。真正到了那时,我们人类只能是欲哭无泪,走到了尽头。

那么,让我们守护好自己身边的这块自然山水吧!如果你身边有一棵孤独的小树,那一定是你深情的回望,请常常用水把它浇灌,让生命之树向着太阳快乐生长;如果你身边有一条欢畅的小河,那一定是你内心的向往,请不要随意修筑堤坝,让河流曲曲弯弯自由流淌;如果你身边有一座巍峨的大山,那一定是你热恋的地方,请送去你仰望的目光,让雪山和冰川永驻生机和希望;如果你身边有一片自由的大海,那一定是你梦中的故乡,请时刻保持敬畏的距离,让海水永远碧波荡漾蔚蓝如常。

想到这些,我的内心忽然感到豁然开朗。我仿佛不是骑马走在喀纳斯的河谷里,而是骑着一匹腾云驾雾的飞马,行走在高高的阿尔泰山的山岭之上。原来,我的内心并没有变老,作为一个老护林人,我仍然还保留着一颗年轻的心。我之所以能保留着一颗年轻的心,正因为像少女一样年轻的喀纳斯,给了我无限爱它的理由和动力。想着这些,我就会心情愉悦地扬鞭策马,穿越一片又一片森林,蹚过一条又一条河沟。8个小时的骑马行程,对一个心态年轻的老护林人来说,根本不在话下。

当马队穿越最后一片森林,展现在我们面前的,是夕阳斜照下波光粼粼的喀纳斯湖。在24公里外的湖边,有我的亲人和同事正守候着我的归来。◆

喀纳斯湖畔　　　　　　　　　　　康剑摄

## 地域文本 DIYU WENBEN

四季牧歌 哈德别克·哈汉
布尔津商贸往事 赵光鸣
重返白哈巴 段蓉萍
草原深处的石城 赵培光
可可托海二题 杨建英

# 四季牧歌

◇ 哈德别克·哈汉

**作者简介：**

哈德别克·哈汉，哈萨克族，现任新疆维吾尔自治区文学艺术界联合会党组成员、副主席。

自幼酷爱文学，擅长使用汉语创作，中学起便在报纸、杂志上发表诗歌、散文等文学作品，先后从事记者、秘书等涉文工作，写作了大量新闻作品、公文、理论文章、歌曲等；出版有《阿勒泰——碎片记忆》《南疆驻村四季诗萃》两本散文诗歌集，数十篇作品在全国和全疆获奖。

在祖国雄鸡状版图的尾翎，横亘着一座雄浑的山脉，这就是著名的阿尔泰山。发源于阿尔泰山中的额尔齐斯河蜿蜒流淌，向西注入遥远的北冰洋。美丽富饶的阿勒泰地区就坐落在这神奇的金山银水之间。这里生活着哈萨克族、汉族、蒙古族、回族、维吾尔族等36个民族，其中哈萨克族人口为35万人，占全地区总人口的一半以上。

阿勒泰是中华民族一分子的哈萨克人的故乡，无论在世界哪个地方，提到阿勒泰，人们就会联想到中国的哈萨克族。这里是中国哈萨克族传统文化保存最完整的地区，是中国哈萨克族生产生活形态最典型的地方。哈萨克人被称为"马背民族"，阿勒泰的哈萨克族牧民一年四季逐水草而居，春天从冬牧场出发，夏天在辽阔的夏牧场安营扎寨，秋天行进迁徙千里，冬天在河谷的冬窝子抗击风雪。马背上的哈萨克人，张开草原一样宽阔的胸膛，承载着一生的风霜雨雪、悲欢离合，伟岸的身躯、忙碌的身影、快乐的生活，演绎着生生不息的生命赞歌。

## 春之节

春天是美好的季节，此时最为哈萨克人看中的是纳吾热孜节，纳吾热孜节是哈萨克古老的传统节日。哈萨克人沿用自古相传的十二生肖纪年法。每年的阴历春分（阳历3月21日前后）那一天，白天和黑夜一样长，是"交岁"的一天。所以，哈萨克族把辞旧迎新的这一天作为自己的节日——春节，即农历新年的元旦，类似于汉族的春节。

纳吾热孜节这一天，蛰居整整一冬的哈萨克人穿着盛装走出冬窝子，开始拨开泉眼，种植树木，清理沟渠，打扫屋子并为客人准备丰盛的宴席，宴席中最主要的当属由7种食物熬制的纳吾热孜粥。为了送旧迎新，预示丰收，各家各户在纳吾热孜节都要用小麦、小米、大米、面粉、盐、肉、牛奶7种食品制作成名为"阔布阔觉"的纳吾热孜饭，还要准备马肠子、羊肉等。

人们成群结队地从一个阿吾勒（村子）到另一个阿吾勒，走家串户，互致问候，祝贺新年，吃阔布阔觉，唱歌欢庆。冬天宰杀牲畜时留下的头，一直要保存到此节，以奉献给老人。纳吾热孜节也是每年转场前大家在冬窝子最后相聚的日子，节后各家各户便开始转场。

节后第二天，哈萨克族便开始搬迁，把家什工具放置在驼背上，开始了长途迁徙之旅。

他们迁徙的距离近则数百公里，远达近千公里。沿途平均一周一扎营，哈萨克族有句谚语：祖先留下财产的一半是客人的。先到的牧民对新到的牧户热情相迎，端来手抓肉，敬上奶茶，接风洗尘。离开宿营地，他们会把垃圾等深埋地下，待来年小草重新生长，哈萨克人就是这样与自然和谐相处的。

## 夏之乐

一年当中，哈萨克牧民最惬意舒适的日子是6、7、8这三个月。在辽阔的夏牧场，牛羊似白云般布满山间草地，牧人们开始彻底放松。当然，他们选择放松的最好方式便是举办阿肯弹唱会，这是这个游牧民族特殊的节日。成百上千人从四面八方赶来，搭起帐篷，欢聚一堂。阿肯弹唱会的内容有赛马、姑娘追、叼羊、摔跤、阿肯对唱、独唱，等等。

赛马是阿肯弹唱会的开场戏，几百名哈萨克族少年策马扬鞭，参加这一勇敢者的游戏。速度最快者为冠军，他将获得一峰骆驼或一匹马的重奖。与赛马相比，叼羊则更多了一份智慧。参加叼羊比赛的人分为两队，一同争夺放置在草地中间的小山羊。两队人马你争我夺，争斗得难分难解。经过反复较量，得胜者在一片欢呼声中怀抱胜利品冲出赛场。

随后进行的姑娘追则更多地演绎浪漫和激情。一对对青年男女策马并行走向起点时，小伙子可以任意打情骂俏，姑娘则低头含笑不语。当进入返程时，姑娘举鞭追赶，或挥鞭报复，或挑逗伴打，狼狈而逃的则是小伙子了。这项活动最初为哈萨克族青年男女表达爱慕之情的特殊方式，现在已逐渐变成一项趣味横生的文体活动。

"诗歌与骏马是哈萨克人的两只翅膀。"这句民谚是对哈萨克这个古老民族生活与民风的形象概括和比喻。在哈萨克富有民族特色的文化与民俗中，最具典型特点的要数阿肯阿依特斯了。

"阿肯"一词,哈萨克语的意思是"诗人""歌手"。"阿依特斯"一词的本义是"辩论、争辩、申辩",引申为"用诗歌的形式进行辩论"或者"用诗歌进行智慧的较量"。阿依特斯是以吟唱方式进行的,是阿肯之间通过吟唱形式进行智慧与诗艺的较量,是一种特殊的创作过程。对唱的阿肯必须即兴赋诗,并以冬布拉的旋律为伴奏,通过阿依特斯进行创作演出,被誉为"哈萨克文学的金摇篮"。对哈萨克族历史与文化颇有研究的我国著名学者苏北海先生认为:"在哈萨克族的文学艺术中,对唱含有较量本领之意,把雄辩和唱诗结合在一起,既富于生活气息,又生动活泼。"

每一场阿肯弹唱都是诗歌与智慧的对擂,对擂者如果没有敏捷的才思、出口成章的才华、诙谐幽默的词语、对事理透彻的了解和较高的艺术修养是不可能成为阿肯的。在传统的阿肯弹唱中,弹唱的成败是由听众来裁定的。

阿肯阿依特斯的形式分口头即兴吟唱和书面写对唱诗歌,后者有时被称作笔赛。笔赛是指诗人将自己所写的诗稿用书面形式发表和朗诵或寄给某人,要求对方用书面作出回答。一般即兴编唱比较难,笔赛则比较容易,毕竟不是即兴吟唱,阿肯在互相酬和时有充裕的思考时间,不像现场竞赛那样可以充分地显示阿肯即席创作的才能。另外,对唱是要当众表演的,笔赛取消了阿肯创作的这种特殊过程。所以,写诗歌的阿肯比较多,口头吟唱的阿肯则少。通常所说的阿肯阿依特斯是指口头形式的即兴对唱。

阿肯属于即兴歌手。阿肯阿依特斯不需要专门的表演舞台和乐队伴奏,一方草地就是一座剧场,一对冬不拉就是一个乐队,两个阿肯就是全部演员,数人相聚就是观众。阿肯和歌手有很大的区别,阿肯是即兴唱,现编现唱,早期的阿肯阿依特斯是在草原上的民族节日里、欢庆胜利和丰收的聚会里、结婚嫁娶等喜庆的民间聚会里自发进行或在哈萨克部落之间进行的,其内容比较单一,规模也不大,但这个传统不间断地延续到了现代。今天的阿肯阿依特斯已经不是古代那种民间自发的或部落之间进行的阿肯阿依特斯,而是发展成了有组织、有规律、有较大规模的众多高水平的阿肯之间进行的现代阿肯阿依特斯比赛,一般都经过初赛、决赛、评委打分评出阿肯等级并进行颁奖等程序。

哈萨克族的阿肯阿依特斯可以是两人对决,也可以是众人对唱,但多数情况下还是以两人对决为主。从阿肯阿依特斯的演唱形式来看,它一般分为两种:一种是被称为"吐热"的一段对一段的对唱形式,对擂双方你来我往、相互叫板。这种形式考验双方的机敏程度和反应能力,对唱过程热情明快而紧张活泼。另一种被称为"苏热",是指一方以几段甚至十几段的诗词来唱出自己对另一方的印象和所想了解的事物,抛出悬念,提出挑战,而另一方也以相同的方式来做出回应,辩明事理,同时也给予反击。这种形式可给予对唱者以充分展示才华的时间和空间,对唱过程奔放、生动、连贯而内容深邃。

阿肯阿依特斯一般通过开唱、交锋和

收尾三个阶段来完成。开唱礼仪为先,开唱者一般用邀请的口气,以礼相见,含蓄地表现自己必胜的决心。在经过几个回合的试探之后,开始正面交锋,进行争辩,达到高潮后争辩开始减弱直到出现胜负。一场竞赛往往会穿插礼让、歌颂、赞美、争辩、胜负、结尾,总要一来一往的顺序进行,只有对方唱完一段停下来,另一方才能接着唱。对方还没有唱完就争着唱,或者对方吟唱时插嘴提问,都会违反对唱规则。对唱的结尾是,双方经过几个回合的较量之后,有一方处于明显的劣势,表现出才竭词穷、无力回敬对方时,或阿肯自己承认失败,或由裁判裁决。阿肯阿依特斯有热情、欢快、奔放的旋律和节奏,具有鲜明的主题、深刻的思想。阿肯阿依特斯是将思想性、艺术性、教育性和观赏性相结合的一种口头艺术,是诗、歌、音乐、表演集大成的综合艺术,整个过程收放有度,波澜起伏,高潮迭起,荡气回肠,韵味十足。歌者忘情投入,听者如痴如醉。台上台下同振共鸣,共同演绎一台精妙绝伦的盛大演出。

千百年来,在辽阔的阿勒泰草原,到底有过多少场阿肯阿依特斯,从没有人去考证过,也无法考证。但有一点可以肯定,那就是阿肯弹唱早已像阿尔泰山的青松一样,在哈萨克人中扎下了根,以致发展到后来根深蒂固、枝茂叶繁;它又像那甘甜的山泉,滋润了哈萨克人的胸怀,孕育了哈萨克的文学艺术,培养了哈萨克的一代又一代的阿肯。

新疆和平解放以后,特别是党的十一届三中全会以来,阿肯弹唱这种艺术形式以全新的面貌、空前的规模走上了文艺舞台,并赋予了时代特色和丰富的内涵。发展和提高阿肯弹唱这种民族文化,更是被列入各级党委、政府的议事日程,给予了高度的重视和关怀。自1979年以来,阿勒泰地区两年一届的阿肯弹唱会已成为草原人民的盛会。

每逢盛夏,阿勒泰草原万象更新、姹紫嫣红,四面八方的哈萨克牧民与当地的文艺工作者欢聚一堂来参加这个盛会。如今的阿肯们弹唱的内容更是与时俱进、丰富多彩,从国家法律到党的政策、从民族团结到社会稳定、从科技教育到社会进步、从工业发展到农牧丰收、从自然生态到环境保护、从婚姻家庭到百姓生活等,无所不包,无所不含,在牧区的两个文明建设中发挥着重要的作用。

伴随着阿肯弹唱的是多种多样、具有民族特色的群众性文体活动,赛诗会、歌手大奖赛、冬不拉演奏评比、相声小品表演、赛马、摔跤、叼羊、举重石、跑马拾银、荡秋千、姑娘追、哈萨克手工艺品、哈萨克毡房和哈萨克服饰展示,以及商品的展销、经济洽谈等活动,使沉寂的草原成为欢乐的海洋。阿肯弹唱会如今已成为文化搭台、经济唱戏,造福人民的草原盛会,它不仅丰富了草原人民的文化生活,促进了精神文明建设的发展,也加强了经济技术的合作,促进了地方经济的发展。

越是民族的,就越是世界的。改革开放以来,草原的阿肯们不仅受到哈萨克族群众的尊敬,而且他们还应邀出访哈萨克斯坦等国进行文化交流,把冬布拉的琴声和智慧的歌声洒向了异国他乡。

阿肯阿依特斯是诗人的较量，是歌者的比拼，更是哈萨克人的精神家园，承载着他们太多的欢乐、幸福和梦想，寄托着他们无数的理想、追求和幻想。哪里有哈萨克人，哪里就有阿肯阿依特斯。阿肯阿依特斯，这一中华民族文化瑰宝中的绚丽奇葩，在千里草原将越开越艳，世代相传。

短暂而美好的夏天很快就过去，远处山头的皑皑白雪告诉人们，转场的季节到了。牧民把毡房拆卸打包，赶着肥壮的牛羊向冬牧场转移，从夏牧场到冬牧场有几百千米之遥。转场途中，遇到有水有草的地方便安营扎寨，歇息几天。如此反复从8月一直要走到11月才能到达冬牧场。

## 秋之果

阿勒泰的秋天是金色的，这风和日丽的日子，正是哈萨克人举行婚庆仪式的大好季节。按传统习俗，哈萨克族男女同一部落不能互相通婚，只能哥妹相称，这一习俗客观上杜绝了近亲繁殖，保证了优生优育。

哈萨克族婚礼富有古老游牧民族的特色，缔结婚姻要经过一系列仪式，主要有说亲、定亲、吉尔特斯礼、送彩礼、出嫁和迎亲等仪式。

说亲仪式，哈萨克语称为"库答拉苏"。男子找上心上人后，请求父母前往说亲。父母经过观察了解后，如称心则委托人带上礼物到女方家说亲，若女方有意，则收下礼物热情款待来客，并商定订婚日期。

订婚仪式，哈萨克语称为"乌勒特热托依"。这一仪式在女方家进行，男方要带着礼物前往女方家，女方家要宰羊款待。双方男主人坐上座，吃肉喝茶，唱歌打趣，互赠礼物。仪式的主要任务就是双方父母开始交往了解，同时，双方议定彩礼，包括准备牲畜和送给女方的各种结婚用品。

吉尔特斯仪式，就是准备送给女方的各种结婚用品。男方请诸亲来观看准备给女方送的彩礼，参加仪式的诸亲也带一些礼物来，使彩礼更为齐全丰富。仪式上把糖果或布料之类的小礼物分别缝制进衣物、裙子、被褥、头巾中。然后，客人们席地而坐，席间，主人拿出各个包放在地毯上，从妇女中推选出一位"剪彩"的人把包剪开。大家捡拿出各种物品，但只能拿小物品，大的彩礼要送回毡房作为送给女方家的彩礼。

送彩礼仪式，又称登门仪式。是日，准新郎与父母及近亲带上彩礼到女方家，快到女方家时，准新郎要下马回避，由准新娘嫂子来迎接他，准新郎进毡房后与青年男女相聚。席间准岳父或长辈要让准女婿吃羊的胸脊椎骨，象征男女双方如同胸骨相连、相爱永远，之后，双方宾客整夜狂欢。第二天早饭后，女方选择几位相好的妇女打开男方的礼品，展现在女方父母亲友面前，大家检验评论彩礼是否符合男方的经济情况。男方还要给女方母亲支付一笔喂奶费。还要带来举办婚礼时招待宾客的牛羊等。

夜深人静时，姑娘的嫂子陪伴着准新

娘到准新郎就寝的毡房与准新郎会面。准新郎要给嫂子赠以重礼，答谢成全之情。仪式之后，准新郎便可随时到女方家，可以说这个仪式实际上是初婚的仪式。

哈萨克族十分重视女儿的出嫁，因而出嫁仪式十分隆重。出嫁仪式前，新娘的父母邀请老人商议各等大事，有声望的老人要为新娘巴塔（祝福）。新郎提前一天带着朋友来女方家参加喜筵。本部落的人全都赶来祝贺，开始进行欢送新娘的弹唱活动。宾主聚集一堂，相互对唱，通宵达旦不停玩乐。

第二天举行正式婚礼。为欢送新娘出嫁，要唱婚礼歌。先是男方来的歌手唱萨仁（序典），开启仪式。新娘听到萨仁歌后，开始准备。此时，男方小伙子来到新娘毡房前，把毡房掀开一角，转唱加尔曲调，歌词是向新娘劝说女大当嫁之类的内容。之后陪伴新娘的媳妇、姑娘开始对唱，回答男方问题，双方谁输谁给对方礼物。阿吾勒的一位老婆婆要给新娘披上头巾，新娘立刻哭泣着唱歌，倾诉对亲人和故土的留恋以及对未知生活的忧虑。这时由两个媳妇将新娘搀扶到父母、兄弟姐妹面前一一哭别。新娘依门而泣，唱起阔尔斯（哭别歌）向亲朋道别。最后，新娘由哥哥或弟弟扶上马，带上女方专为姑娘准备好的嫁妆，用陪嫁的5~7峰骆驼驮着新娘一起送到男方家。

一个民族的传统文化经过千百年的锤炼深化，果真能达到天人合一的地步。当我们一步步走进钢筋水泥的城市"森林"时，我们失去的太多，付出的代价也太大。回归自然之美，并非是走回头路。追寻传统文化的脉络，才能让我们更好地把握现实，创造一个更加和谐美好的明天。

## 冬之恋

10月后，阿勒泰严酷的冬天来临了。几场大雪过后，冬牧场已变成了银色的世界。哈萨克族是逐水草而居的游牧民族，他们的生活形态决定了自己的生产方式，迁徙是他们古老的传统和生活中永恒的主题。哈萨克牧民和相依为命的畜群冬天的归宿就在冬牧场。

阿勒泰的牧民一部分在相对温暖的额尔齐斯河谷、乌伦古河谷越冬，还有一部分在阿克达拉远征牧场放牧。"阿克达拉"翻译成汉语是"白色的原野"，位于准噶尔盆地腹地，也就是古尔班通古特沙漠之中。这里距离富蕴县城有200多千米，人迹罕至，由于冬季雪薄风小，自然成为冬天牲畜避寒保命的港湾。每年冬季，富蕴、青河、福海县的几十万头牲畜会赶到这里越冬。俗话说："淘汰羊是熬不过阿勒泰的冬天的。"在寒冷的北风中和数米深的雪地里，哈萨克人靠着顽强的毅力放牧着牛羊，看护着家园，度过漫长的冬季。

生活在冬牧场的人们是幸福的：他们做着自己中意的该做的事情，简单、自然、随性、自我掌控……对幸福生活的理解和把控的尺度有着自己的标准。牧人们感觉是幸福甜美的，但是我们外人常常是很难理解的。

同时，生活在冬牧场也是艰辛的：孤

独、单调、风寒、冷漠；决然没有我们想象中的田园牧歌和大漠高歌的豪迈故事。置身其中，方能理解：谁知盘中肉，块块皆辛苦。

随着时代的发展，为彻底改变游牧民族的生活方式，改变他们靠天吃饭的畜牧方式，国家正在大力开展牧民定居工程，让千百年来逐水草而居的哈萨克人走出山、定下来、上学堂、种田地、进工厂、富起来。哈萨克人在党的光辉照耀下，将走向幸福美好的明天。

冬牧场——世界上最后的游牧民族哈萨克人的居所，未来将以一种特殊的方式留在我们人类的记忆中。但精神世界是永恒的存在，坚韧坚守的信念，执着无畏的信仰，用乐观向上的风貌诠释人生的真谛，真情实意的回报，是哈萨克人永远不可泯灭的财富！

哈萨克族人民自古以来便崇尚民族团结、维护祖国统一，在抵御外侮、维护稳定的斗争中，挺身而出，站在前列。新疆和平解放后更是涌现一大批闻名全疆全国的民族团结先进模范人物，英烈赛尔江、民族团结楷模阿布旦便是他们中的佼佼者。哈萨克族守卫着祖国数千千米的边境线，哈萨克人自豪地宣告：每一座毡房就是一个哨所，每一个牧民就是一个哨兵。他们是祖国西北千里边防线上永不换岗的"哨兵"，他们用自己的血肉身躯筑起不可逾越的铜墙铁壁。

世世代代生活在阿勒泰的哈萨克人就是这样执着地走过春夏秋冬，快乐地度过生命的每一天，他们像盘旋在绿色草原上的雄鹰，勇猛、不屈而富有顽强的生命力。◆

寒冬迁徙路　　　　　　　　　叶尔江摄

# 布尔津商贸往事

◇ 赵光鸣

**作者简介：**

赵光鸣，湖南浏阳北盛仓人，1958年随父进疆；北京大学哲学系毕业，中国作家协会会员，国家一级作家，曾任新疆作家协会常务副主席，中国作家协会第六届全国委员，为西部文学有代表性的重要作家，现居乌鲁木齐市；已出版长篇小说《青氓》《迁客骚人》《乱营街》《金牌楼》《赤谷城》《莎车》《旱码头》等9部，小说集《远巢》《绝活》《死城之旅》《郎库山那个鬼地方》等9部，散文集《在大地的极边处》等，多部中篇小说被改编为影视剧；代表作有《石坂屋》《西边的太阳》《穴居之城》《绝活》《汉留营》《帕米尔远山的雪》等。

布尔津地处两河流域，因水陆交通发达而成为地区交通枢纽，改革开放以来，政通人和，百业俱兴，城市发展日新月异。在这个北疆最美丽的小城漫步，人们很难想象作为一个县的县府所在地的早期是什么样的。那时候的县府衙门是座什么样的建筑物、街道如何布局、到底有多少居民，还有，与城市密切相关的商号商铺的详情，所有这些情况，今天已经很难得到具象生动的描述。知情的老人们一个个地故去，他们留下的片段印记在口传中有的走了样，有的悄然遗失。比较可靠的记录是县志和一些零星史料，但这类资料只提供粗犷的轮廓和大致的线条，鲜有具体鲜活的细节。因此，关于这座城市的早期样貌及商贸往来情形，我们今天只能凭借有限的史料、残存的口传，再加上合理的想象力，组合出一个大概的图像。

## 最早的县城

布尔津设县，到2019年正好是100周年。1919年，即民国8年4月，北京中央政府改阿尔泰区为阿山道，布尔津隶阿山道。

同年5月7日,新疆都督杨增新电请在布尔津河"速划招垦事宜,由新疆移民安插,以固边图"。是年7月24日,北京政府批准设布尔津河县。10月,杨增新任命沙湾县知事鲁效祖为设治知事委员到布尔津视事。这就是布尔津设县的起始,当时的布尔津河县也是阿尔泰地区的第一个县治。但这个布尔津河县,辖区包括哈巴河设治局和吉木乃设治局,疆域比现在的布尔津县大得多。在往后三十余年中,行政区划发生了一系列的变化。哈巴河和吉木乃相继设县,而阿拉哈克也划归了阿尔泰县,到1952年,才基本形成今天布尔津县的管辖区域范围。

鲁效祖衔命从农耕文明相对比较进步发达的沙湾县到偏远的布尔津河赴任。其新任所是什么样的情形,今天我们无从知道,但可以肯定的是,他的县府衙门绝对不是想象中那样的高墙大院。因为当时的县治所在地,仅仅是个只有几十户人家的小村落。鲁效祖是新疆近代史上一位可圈可点的人物,为官清廉,勤政爱民。县志上介绍他说,其到布尔津后,盖了8间房屋。这八间房屋,大概就是他的办公场所和寓所,加上其他办事人员及杂役都挤在一起,这样的县府无论如何是说不上豪华的。

鲁效祖之后,直到中华人民共和国成立初,布尔津县知事和县长走马灯似的换过将近20位,无论有作为的或不太有作为的,对于县城建设都没有什么根本的改变。建县以来的40年,是动荡的时代,战乱频仍,瘟疫横行,各种自然灾害不断,农牧业的发展几近停滞,人民生于忧患中。官员要应付各种天灾人祸,哪有心思去关心城市建设?因此,我们所能知道的早期的县城其实就是一个村庄。如果几十年间还有什么变化的话,那就是村庄从小村庄变成了稍大些的村庄,距离真正的城市,实在差得太远。

这个稍大的村庄,到新疆和平解放初,只有一条长200米的土路,这大概就是县城唯一的街道了。街的两旁是高高矮矮的土坯屋,间有一些商铺、作坊、车马店之类,土路上不时有驼马走过,满地都是牲畜粪便和草屑,沙子经常将街道堵塞。风沙大是布尔津的一大特色。一阵风刮过,到处黄尘乱飞,人们掩面而行,若逢雨天,遍地泥泞,更是行路难上难。早年的县城,大抵就是这个模样,不会和我们的想象相去太远。

## 最早的商人们

有人的地方,就会有商人。

有城市的地方就会有商贸业。

尽管这个地方其实算不得真正的城,只是一个大点的村庄。

但她毕竟是一个县的县府所在地,因此,她不可能不吸引那些无孔不入的商人们。

县志上载,清光绪二十七年四月,从斋桑湖经额尔齐斯河到阿勒克别克河口中国边境的定期轮船开通,俄国贸易通过斋桑城到达额尔齐斯河流域。

这可能是有关俄商进入阿山道的最早记载。

11年以后,民国元年,沙俄调兵一个团分驻阿尔泰承化寺、哈巴河、布尔津等地，同时移入俄罗斯东正教农民三百余户，在冲乎尔乡、铁列子河等地垦殖土地，建村庄，并在两河汇合的布尔津开埠，由斋桑开来货船，在布尔津停泊。

这是沙俄商船进入布尔津的最早记载。

而最早到布尔津县经商的俄国商人，名叫瓦戈夫，此人于民国2年，即1913年抵达布尔津，在县城盖房起屋，开商号，设店铺，做生意。几年以后，像瓦戈夫这样的俄商在全县有四五家。

与这些俄商差不多同时期到布尔津经商的内地商人有河北人郜宪林、他的表弟房树林，以及周思一、朱学敏等人，还有一位人称"乡约"的维吾尔族商人阿不都拉洪。这位南疆商人是从喀什噶尔骑着毛驴远路跋涉到布尔津来的。此人到布尔津后，以手头的资金开坊置地，种了相当于250亩的一垧地，买了一些牲畜，开办了一个在当时算中等规模的门市部，同时还开了一座畜力磨坊。

这位从喀什来的维吾尔族商人阿不都拉洪大约还有点从政的兴趣。他到布尔津后，好像还担任了一个公职，掌管县城的水利、土地及一般的民事诉讼事务。"乡约"的别称可能就是从他担任的职事来的。据新疆社会科学院历史研究所1985年所做的"新中国成立前阿勒泰哈萨克牧区社会"调查报告称，归结起来，中华人民共和国成立前布尔津的商贸业大约有3种类型，一是小商小贩，小本经营，全县有十来户。二是有门市且有店伙计的，同时还兼营其他业务的。三是商业触角深入畜牧业经济的批发商，同时还经营进出口贸易的。

第一种类型的，除十来户汉族商贩外，还有五六户维吾尔族和塔塔尔族商贩。他们的经商范围小、资本薄、能力低，无力进行较大的商贸活动，如想和俄（苏）进行换货贸易，就只有联合起来，将几家零星的皮毛牲畜集成大宗，然后到口岸与俄商换货。

第二种类型的，就是郜宪林、房树林、周思一、朱学敏这类商人。他们的资本相对厚实一些，从商经验比较丰富，经营规模也大些。但很可惜他们生活在一个乱世，社会动荡，时世艰难，虽然在商贸事业上各有发展，最终结局大多都不圆满。

郜宪林到布尔津后，开设了一个门市部，有店员1人，哈萨克族工人2人。除店面业务外，主要经营牧区贸易。经过十多年的打拼，其资本初具规模，拥有羊近2000只。1933年的某天，郜宪林集中了1200只羊、20匹马、60头牛，赶赴60公里以外的吉木乃边境与苏联人换货。不巧撞上马赫英的匪部，不由分说，将其全部畜群强行掳走。郜宪林捡了一条命逃回家，从此一蹶不起。破产后万念俱灰，郜宪林只好黯然回了老家。

与他的表兄的悲惨下场相比，房树林的结局稍好一些。

房树林也在布尔津县城开了一个商号，有店员2人，哈萨克族工人3人。他用四五十两黄金的资本创业，经过20多年的努力，将资本积累到三四百两黄金。但事业正红火时，"三区革命"爆发。

社会动荡，战事频发，房树林有表兄的前车之鉴，不敢在布尔津再待下去，悄然卷起金银细软，也逃回了他的河北老家。

另一位商人朱学敏，是1933年来到布尔津的。他到布尔津后，主要开磨坊，兼营商贸。有奶牛4头、马数匹、一盘磨、一个院子，忙时有帮工十多人。朱学敏为人诚实，经商讲诚信，人缘好，一度把生意做得有声有色，但时世艰难，发展不济，最终还是破了产。破产后的商人朱学敏不得不给苏联商人当工人，去干洗羊毛、打包的脏活累活。

在布尔津经商的早期商人中，真正能称得上大商的是阿不都热合满和达勒地汗兄弟。

阿不都热合满的全名应当叫阿不都热合满·托夫洛夫，他并不是中国人，其出生地是东哈萨克斯坦乌斯卡敏州斋桑县的乔拉克布拉克，出生年代为1890年。从根上说，阿不都热合满出身于一个很贫穷的家庭。兄弟姐妹6个，从小都饱尝贫累之苦。兄弟俩少年时代就到斋桑的俄罗斯富人家里打工当杂役，受尽打骂。后来到斋桑的大商人萨合多拉哈吉家当杂役，因他品行端正、手脚勤快，深得主人喜爱。而他的弟弟达勒地汗那时只有9岁，比哥哥小了3岁，在一个叫哈列里巴依的塔塔尔富人家里做杂役。

阿不都热合满因受主人的喜爱而和主人的孩子们打成一片。在他成人后，这家的少爷萨德克染上了酗酒的恶习，每天以烈酒灌肠，成了一个不折不扣的酒鬼。老主人对这个不争气的儿子忧心如焚，听说中国阿尔泰的克烈依部落严禁饮酒，于是决定让儿子萨德克到中国做生意，让他在克烈依部落喀拉乌斯满毕的严管下改掉酗酒的毛病。

阿不都热合满被非常信任他的老主人指派做萨德克的侍从一起到了布尔津，随队的仆从之外，还有一支30峰骆驼的商队。喀拉乌斯满毕隆重地迎接了他们，但萨德克到达布尔津的阿吾勒后，并没有认真戒酒，而是偷偷从斋桑运酒来继续大喝特喝。老主人在遥远的斋桑知道此情后，只好把儿子急召回去。

而阿不都热合满留了下来，在巴依哈赞部落继续推销萨德克留下的货物。阿不都热合满由此结识了许多本地人，其中有不少是部落头领和上层人士。萨德克的余货处理完后，阿不都热合满兄弟自己的经商事业也开始了。

这就是阿不都热合满兄弟从帮工、杂役、侍从，最后变为商人的大抵经历。俄国十月革命后，他们从前的主人纷纷逃到中国，用金钱和厚礼向各部落头领示好，以求得一片生存之地。正是由于这些富人的帮助，兄弟俩在牧区上层社会得到广泛的认同。

阿不都热合满兄弟也许是布尔津早期商人中唯一把商贸做大做强的人。他们后来有了自己的阿吾勒（村庄），开设了7个门市部、1个收购站、2个洗毛场，还有专用的运输工具，拥有当时不多见的汽车。在兄弟俩手下的会计、出纳、店员等从业者多达五十余人。零售及大宗的进出口批发业务使他们的商贸事业蒸蒸日上。

阿不都热合满同时也是布尔津商人中唯一的批发商，主要兼营与苏联的进出口贸易。从苏联进口百货，各地商人商贩都到他的货栈提货，他按门市价格的9折发货给他们。一些商人和商贩联合累积的毛皮、肠衣等地产货物，也委托他到边境口岸进行交易，换取茶、布匹、糖及各种日用品，他从中收取百分之五的佣金。阿不都热合满认真地做，诚信第一，乐此不疲，深得商界倚重。

阿不都热合满18岁到中国布尔津，一生的大部分时光是在布尔津度过的。除了经商，他还是个开明人士，思想进步，追求真理，中华人民共和国成立后他当过地区副专员。1959年6月，他在乌鲁木齐医学院度过了一生的最后岁月，弥留之际，他留下的遗言是，我要告别这个世界了，请把我安葬在我所热爱的布尔津的土地上。

他的遗体是专车送回布尔津的，由当时的自治区畜牧厅厅长哈米阿斯勒汗护送。其墓葬地在额尔齐斯河原大桥的墓地中，和他的亲属们在一起，他可以日夜听到额河的奔流之声。

逝者远去，他们都在布尔津的大地上留下了足迹，他们是这偏远大地上商业文明的最早传播者，后世的人民不会忘记他们。

## 额河航运西逝水

中华人民共和国成立前，新疆经济十分落后，基本上没有什么工业，各种工业和轻工业产品都要从外地运来，而本地的地产品，如皮毛、畜产品、干果等，也得靠远途运输出售外地。

布尔津建县之初，新疆东路贸易还未式微，许多商品是靠驼队从内地运来的。最远的商品集散地是内蒙古的绥远。驼队从绥远起货，半年后到奇台；再由奇台运到阿尔泰，又是将近一个月时间；而从阿尔泰提货运到布尔津，又得数天时间。这样的长途转运，使商品成本层层增加，故售价奇贵。那时布尔津本地产品，也有部分是走东路贸易的。但是这条迢迢商路由于军阀割据，战乱不宁，以及运输成本太高而渐渐退出历史舞台。但仍有少数收购商在布尔津上游收购灰鼠、水獭等细皮，因为这类细皮在内地的销路非常好。

东路受阻，西路自然兴盛起来。布尔津由于距中俄边境不远，开发中俄进出口贸易比较便利。贸易主要是易货贸易，而且主要是陆路运输。

而额尔齐斯河航运的起始，前面已经提到，最早可追溯到民国初年。阿尔泰办事长官帕勒塔批准俄国轮船自斋桑进入额尔齐斯河中国段，其终点就是布尔津县。

沙俄时代，在布尔津就有两位俄罗斯商业人员从事贸易联络工作。他们并不直接经商，只管联络接洽贸易事务。当地商人如需贩货交易，就与这两个人接洽，由他们安排到吉木乃边境找何种商号换货。如需走水路，这两个人也可以联系到俄轮，从斋桑开到布尔津河运码头装卸货物。

但十月革命之前，额河航运并不常用，主要还是陆路贸易。

沙俄势败后，那两个俄国人在布尔津神秘消失，从此没有人再见到过他们。

但不久又来了两个俄国人，接管了他们的工作，仍然是不买不卖，只负责联络和接洽。但他们已经是布尔什维克政权的代表，准确地讲，是两个苏联人。

两个人的苏联贸易公司暗中存在了一段时间，到盛世才上台后，因其伪装亲苏，这个公司就完全公开了。业务人员增加，贸易量也大幅增加。布尔津的畜产品大宗运往苏联，而百货，甚至中国茶，也是从苏联进口。

苏联人当然对布尔津和整个阿尔泰地区的土畜产品感兴趣，但更感兴趣的还是阿山的黄金、丰富的稀有金属矿藏和非金属矿藏。他们在阿山地区一方面经商，一方面深入勘查这些稀有矿藏的分布，同时派人进行采矿。大量的矿产采掘出来后，额河航运就开始繁忙起来了。每年夏天额河水涨之时，苏联货物如石油、铁器、布帛、食品及大量日用品由拖轮运抵布尔津码头，再将交换来的矿产装上拖轮，一路机声、笛声开回斋桑。这样的大型拖轮船队一个夏季要往返多次。苏联人还建立了专设的办事处，成立了驻布尔津的金属公司。来来往往的苏联人和船轮使布尔津这个边远小城热闹非凡。

据县志所载，中华人民共和国成立后，布尔津作为新疆矿产出口的重要商埠，每年出口矿产占全疆出口额的80%以上。仅1955年夏季，额河航运就出口各种矿石近6000吨，次年出口增至8000吨。进入20世纪60年代，额河航运继续兴盛了一段时间。后来中苏交恶，关系破裂，贸易萎缩、停顿，兴盛一时的额河航运随之沉寂下去。

从那时起，人们再也没有在河上看到有苏联标志的大船和拖轮了。

那是一段不可复制的历史，如今俄罗斯还在，而苏联已经成为过去。

西逝的滔滔额河水带走了那段岁月，只有上了点年纪的人，脑海中还残留着那些片断的记忆。那座办事处的黄色房屋还在，被布尔津县人民政府特意保留着。

3月，一个风雪交加的冷天，我们踏着厚雪，来到额河边的这座黄房子前，想参观一下这座俄式风格建筑物。这是一座地道的俄罗斯风格的平房，有一道正门和许多窗子，可惜大门锁着，风雪迷眼，隔着冰窗，我们无法看到里面的情形。

在我们访问俄罗斯老太太吉娜大婶时，老人家回忆起了她的青春时代。率真坦诚的老人笑着对我们说，那时候黄房子和金属公司有不少苏联小伙子对她感兴趣，特别爱夸她的大辫子。有些哈萨克小伙子还打算抢亲，把她娶到手，但她已经有了心上人。这个人是从苏联回来的中国小伙，他的俄文名字叫葛里高利，她叫他葛里沙。这个后来成了她丈夫的人是金属公司苏联专家的司机，由于精通俄汉双语，有时还充任翻译。吉娜爱他，正是这个中国小伙子让她在异乡布尔津找到了美好的精神家园。

吉娜大婶说，当年的黄房子和金属公司是热闹和快活的地方，从那里经常传出快乐的手风琴声、歌声、笑声和踢踏舞的剧烈响声。从那些门窗里，俄罗斯文化的因子随风飘荡，进入布尔津的大地和天空。那些快乐的人后来都走了，但他们把一种不可言说的东西留了下来。布尔津的丰富和厚重，就是因为有许多这样的东西留存、融合，她的七彩缤纷里，有着俄罗斯文化的风韵。

2009年端午◆

◇ 段蓉萍

# 重返白哈巴

**作者简介：**

段蓉萍，新疆作家协会会员，其小说、散文散见于国内二十余种报刊，出版有散文集《古牧地纪事》《回望乾德》等。

## 一

雨稠风湿。

立夏后，第一场雨，没有拴住我的腿脚，我顶着湿冷的雨，踏上了拜访西北第一哨——白哈巴边防站的路。

之所以前来拜访这个身居大山中的地方基于两个原因，一来一直被旅行类的杂志和风光民俗类的电视片所吸引。这个五彩的世界、童话乐园，不知让多少仰慕她的游客不远万里，走进她的怀抱，感受这里的一切，似乎为了验证一下那些画册和影像中景物的真实性。我也是热衷旅行的人，这样一个地方，怎能错过呢？这仅仅对一名普通游客而言。我此行的另一个原因，要比看风景与人文更为重要，那便是替年迈的父亲还一个心愿——重返父亲曾经服役5年的白哈巴边防站（该站后来改为边防连）。

上小学时，就听父亲说起过这个地方，但并没有往心里去。上初中时，偶尔会听父亲说去某个战友那里，或者来了某位战友。我还是没往心里去。心想那是他的事情，与我关系不大。对战友之间的感情，我也不觉得有什么特别的重要。

我读初中是在乡里的中学，那里的教学质量与办学环境都不及县城的中学。我就想去县城的中学读书。当时我的学习成绩在班里还算不错。若想进县城中学，唯一的办法是插班考试。即便这样，也有一定的困难。我是农村户口,在那个年代,户口将人圈定在特定的区域。一个普通的农民想跨越这个圈子,难度可想而知。

我被通知可以参加插班考试后,父亲带我去了县城中学,一个戴眼镜的中年人已经在校门口等候我们。父亲告诉我,这是他的战友,让我叫王叔叔。

进入县城中学,自然与王叔叔相助有关。这么一来,我明白了,战友在要紧的时候是一种靠得住的关系。

就在那年的冬天,住校的我回到家时,家里来了一个年轻人,十八九岁的样子。问过母亲才知道,是父亲阜康县战友的孩子。他在县城一家单位实习,借住在家里。

往常,家里人吃饭挺简单,早饭无非是馍馍稀饭腌菜,午饭是炒菜拉面,晚饭则多半是汤饭。这个年轻人的到来,母亲一日三餐格外要添些菜品,或者精心换个花样。平日里不怎么做的饺子、包子、馄饨等都上了我家的饭桌。通常过节才宰杀的鸡鸭,不时也端上了餐桌。一日三餐丰富且隆重了。

洗碗时,母亲说,咱们怎么都好凑合,来人是你爸战友的孩子,在你爸眼里,战友的事情怠慢不得。

性格耿直暴躁的父亲发脾气的场面我是见识过的,家里人都不愿意招惹父亲。

这是我对父亲与战友交往记忆清晰的片段。

再后来,父亲常常给亲友们说起在边防站的往事。我有一句没一句地听了一些。我觉得那是很遥远的事情,并没有太上心。

这几年,父亲因为高血压、风湿性关节炎、心脏病等已经很少出门。尽管耳朵背了,与人交流困难,但只要有人跟他聊天,三句话不出,一定是说边防连的事。

什么东西一多就腻味了,甚至会怕。母亲曾种过蘑菇,吃伤了。如今一提蘑菇就反胃。我是怕红薯、土豆,小学放学回家,揭开锅盖,锅里躺着的就是它们。不吃吧,肚子饿;吃吧,胃反酸。许多事情都类似。同样的话听多了,照样会腻味。一旦腻味了,就会躲着。执拗的父亲,似乎没有意识到这个问题。一遍又一遍地重复着在家人看来已经烂熟的往事。

那么,白哈巴到底是什么样的地方。父亲所说的艰难、危险、陡峭、严寒,以及浪漫、宁静、辽阔、肃穆,果真如此吗?

由此,我有了替父亲重返哈巴河县,去看看白哈巴边防站的想法。

说走就走,无关雨的稠稀和风的浓淡。

## 二

1988年,我18岁,怀揣着想当一名光荣军人的想法,跑去报名。记得当时我的心情紧张而激动。我不知道多少次做梦看到自己穿着绿军装英姿飒爽的样子。妹妹曾说,我夜里说梦话都是跟参军有关的事。可见我对这件事情的痴迷程度。当然了,后来我没有如愿以偿。这是我终身遗憾的事情。

我为什么那么热衷参军这件事情呢?自然与我的成长环境有关。

父亲是军人。这种军人情结一直流淌

在我的血液里。

时至今日，70多岁的父亲已不能如当年那样骑着枣红马驰骋在边境线上，也不能爬上高高的山峰瞭望边疆壮美的山河，发出走遍新疆的豪言壮语，只能在一把老旧的椅子上安静地靠着，指缝间燃起的烟升腾在他的面前。这青烟如幕布，让他一次次回到青春岁月最难忘的地方。

一直都很自信的父亲，面对衰老显得有点无奈和束手无策。他以为激情燃烧的岁月不会老，自己永远是一名富有朝气和勇敢的战士，生龙活虎，充满战斗力。可自然法则迫使他坦然面对现实时，他轻轻地说，也不知道白哈巴现在怎么样了。

我的思绪中关于父亲部队生活的图景浩浩荡荡地展现出来。

1963年8月，父亲参军入伍。同时期从米泉县参军的一共有4个人，其他3个是三道坝的年轻人。

同父亲一道到阿勒泰军分区进行培训的除了邻县阜康的几个青年外，还有其他地方同期入伍的青年100多人。当年分配到哈巴河县白哈巴边防站的大概有十几个人。

改革开放以前，新疆的道路基础设施都不好。国道也不过是三四米宽的柏油路。这样的路因常年得不到及时有效的养护，用老百姓的话说，是大坑连着小坑，甚至是坑挨着坑。晴天尘土飞扬，雨天泥泞不堪。

父亲这样的新兵是乘军用汽车一路颠簸到了布尔津县的。此时，额尔齐斯河上没有固定的大桥，新兵一个个从卡车上跳下，排列整齐，等待过浮桥。所谓的浮桥是把多条木船用铁链钢丝绳连接起来，上面铺着木板。走在上面，晃动得很厉害。胆小的人面色紧张，总担心会从桥上掉下去。

被今人誉为"童话世界"的布尔津县城，那个年月跟中国任何一个县城没有多大差别。就跟那个时代人们的装束差不多。没有格外养眼的地方。

县城里，一条不长的街道，尽收眼底的街容。让父亲对这里记忆深刻的是大街小巷都是细沙。

这不是终点，继续前行。

父亲一行到哈巴河县。又过了一条河，同样是没有桥的河。这一次不是浮桥，车和人都以摆渡方式过了对岸。摆渡的方式是用两条船连接起来，上面铺木板，将车开上去摆渡过河。

其实在父亲的出生地也是有河的，且不止一条，但有桥，是木质的桥。人或者车通行都很便利。后来父亲说，那两条河都比这里的河面宽阔，河水也更为丰盈。

摆渡过河时，父亲问那摆渡的中年人，河里是否有鱼，摆渡人说，有，大得很！父亲追问一句，大的多少公斤？那人说，不比一只羊的重量轻。父亲咋舌瞪着眼睛不敢相信。那人从父亲的表情中窥探到了狐疑，斜睨着父亲说，你一个毛头小伙子见识过啥！

父亲哑然，又看看滔滔的河面，把对鱼的疑问丢进了河里。

此时天色渐晚，父亲和新兵们在哈巴河县城的兵站住了一夜。

哈巴河县城不大，大约有几千人，路

两旁都是柳树。有四五十厘米粗,但都向东南方向倾斜,想来这里常年刮着蛮大的西北风。

次日清晨,父亲是被清新的空气唤醒的。在兵站附近走了走,四周出奇地安静。

重新上了军用卡车,沿着崎岖的山路前行。到了一个叫铁列克的地方,父亲及新兵们被通知下车待命。

一问才知道,汽车只能到这里,再往前就没公路了。

放眼望去,一二十栋木屋散落在草地上。清一色的木头房子,古朴简洁,与家中的土坯房是截然不同的风格式样。里面到底是什么样子呢?部队有纪律,不能随便进入牧民家里。

这儿有个边防派出所,只有3个民警。

战友还没到,父亲和两个新兵爬到后山看风景,忽然看到山顶闪着亮光。父亲和战友迅疾跑到跟前,在石头缝里露出白色的六棱晶体。没有捶砸的工具,几个人用石头砸下来几块,不知道是什么东西。拿去让派出所的同志看,说是水晶。

到了下午3点多钟,接父亲一行的战友牵着马来了。马匹个个精神,明亮有神的眼睛似乎知道这些人是新来的战士,马不停地昂起头,鬃毛飞舞,现出热情的样子。

一人一匹马。父亲之前在村里喂过马,但从没有骑过马。同行的新兵都没有骑马的经历。突然让大家骑马,许多人都露出为难的表情。人有个性,马也有个性。人和人如果脾气不对头,不好相处。马跟人也一样。

还有40多千米的路程,全是山路,不骑马是不行的。

战士把一匹枣红色马的缰绳递给父亲,父亲没有马上骑上去,而是抚摸了一下马的脊背。马扭过头来看了几眼父亲。又把头扭过去看旁边的同伴。

在父亲眼里,马是一种高贵的动物,要尊重马,把它当成战友。初次见面,彼此还没有熟悉,马上就触及它的身体,马是不舒服的。

这些马跟父亲他们一样都是有军饷的,父亲称呼其为战友没错。后来一次巡逻中,遇到大雾,父亲不慎摔伤,是马一路驮着父亲回到营房的。至此,父亲对马有了更深的感情。

我乘车从铁热克提乡前往白哈巴的路上,经过一段又高又陡的盘山公路,当过兵的司机老史告诉我,这就是九龙盘。之前是一条简易公路,由于经常遭山洪冲毁无法行走,保证不了国防需求。1985年国家投巨资修建了这条长达38公里的高山公路。耗时2年完工。

车子飞驰在游龙状的山路中,一旁不时出现的悬崖,让我惊恐得不敢往下看。此时是5月中旬,山坡披绿,大大小小的花儿们盛装迎接着喜雨。

沿途无限风光甚好。森林满目葱郁,黄色、紫色的山花遍地欢颜。史师傅说,最美的是深秋时节,在山间时隐时现的哈萨克牧民的毡房,树木花草等植物以赤、橙、黄、紫等颜色描绘出巨大的天然画卷,那才叫绝美之景。

这样的话,父亲也不止一次地向我提及过。

也是在父亲的回忆里,他清晰地记得初次踏入通往边防站时的情景。他印象最深的是过一条山涧，两面全是石头，河水有40多厘米深，水流很急，冲向大石头，绽放出水花，迸发出的声音比礼堂飞进喜鹊还热闹，哗哗哗哗，那声音听起来欢快自在。

父亲第一次骑马走这样的山路，马在石头缝隙中跳跃，确实有点担心。有两个战士不敢骑马上山，只能牵着马向上爬。走走停停，到边防站已经是下午8点多钟了。

边防站木质的营房，与当地图瓦人的木屋别无两样。至今，牧民们依然保持这种建筑风格。地处森林腹地，盖房子就地取材，最为便捷。木屋的特点是夏凉冬暖。不仅有木屋，还有用木头盖起的牲畜棚圈，围挡在院落和巷道两侧的栅栏、小河上的桥、路边的凳子等都是木头的。我随手触摸着木头的原始纹路，似乎还能闻到木头的清香。一切都是原生态的，置身其中，恍如到了白雪公主的童话世界

今日的边防连的营房已经是砖混结构的楼房了。

进了营房后，战友为父亲他们这些新兵做好了米饭。大米，父亲是不陌生的。米泉就盛产大米，父亲喜欢吃米饭。端上来的菜是肉炒大白菜。十八九岁或二十出头的小伙子，正是能吃的年纪。在那个粮食不能完全自足的年代，米饭和有肉的菜摆在年轻人面前，用狼吞虎咽形容一点都不过分。父亲说那肉格外香，从来没有吃过那么香的肉。

第二天，新兵被编排到了班里，开始政教和军训。一个边防战士的日常图景拉开序幕，训练、巡逻、站岗、放哨。

当时，因中苏关系紧张，时刻都处在战备状态。战士们每天晚上要挖地道、修地堡。为了隐蔽不被对方发现，当晚还要使地貌恢复原状。

边防站的营房在国界前沿，以河为界，河床宽处有百十米，窄处只有二三十米。当我跟随新任的边防连的傅连长重新勘察当年的营房旧址时，才体会父亲曾经描述的情景的危险性。

当年的营房就坐落在哈巴河中国一侧的山坡上，离河最近处不过百十米的距离。难怪父亲说，听到枪炮声总觉得很大很响，加之在山谷中，声音的回响增加了恐惧感。如此看来，刚刚入伍的那几个月，彻夜不眠也就不难理解了。

当时，边防站一定要靠前。可没有想到近在咫尺。拿着望远镜，能将对方山顶的岗楼与对岸的哨卡看得一清二楚。

此时，我觉得那个时代的战士们，虽然没有发生大规模的实战，就凭特殊的地理位置，坚守边防，也是需要勇气和胆量的，更不说要忍受严寒及其他。

父亲刚到边防站时，没有围墙。边防站四周都要挖工事，白天干，晚上同样还要站岗、放哨。可父亲说，不觉得累，觉得在那么多人中能入伍，驻守边防，是神圣光荣的事情，累点儿不怕。

我在边防站旧址找寻遗迹时，除了当年挖的一个掩体基础残存外，其他遗迹荡然无存。傅连长说，早在70年代，边防连的营房就迁到了距此几公里外的白哈巴村。这里已恢复地貌，成为牧民的牧场。

我在长满青草的掩体遗址处站立良久，一块躺在草丛中的朽木吸引了我的眼球，我蹲下身子，轻轻拿起来，在手中端

详,这是一节松木,纹理清晰,虽然木质本身已经腐朽松散,本体很轻,可在我心里的分量很重。

父亲外出巡逻,在巡逻时能碰到成群的黄羊、马鹿,有时候还能遇到狐狸或者狼等动物。一望无际的原始森林对来自农耕地区的年轻人来说就是天堂。6月份这里就是花的盛会,草丛中到处都长满了野草莓,个头不大,但很甜。吃野草莓的除了战士们,还有一同巡逻的马,以及在山野中悠闲自得的羊和牛。

当然了,除了可以摘草莓,父亲还喜欢采摘野蘑菇。

边防站对面的哈巴河沿岸附近是白桦林,林间生长着父亲最为喜欢的牛肝菌,还有灰口菇、草菇、金针菇等。有时,刚吃过酸甜的野草莓,在林间会与一朵一朵的蘑菇群相遇,怎么办?起初,父亲很兴奋,慌忙跳下马来,冲向蘑菇群,但采摘下来的蘑菇只能装在口袋里,或者随身的背包里。这也很有限,望着香喷喷的蘑菇,只能遗憾地告别。

更多的惊喜是发现在阔叶林中倒木、伐桩、枯立木等上生出的苍耳、黄色珍珠状猴头菌等。

这样稀罕的东西,父亲之前从未见过。有经验的战士教会父亲辨认这些好吃的菌类后,父亲每逢遇到蘑菇都会采摘一些,哪怕不吃,只是闻一闻这种独特的香气,就让他心里踏实。

战士们把采摘到的蘑菇带回去,交给做饭的战士。当天晚上的饭菜里就有了蘑菇的异香。若有更多的蘑菇吃不了,会晾晒起来,到冬天时做菜烧汤。

白桦林深处最为奇特的是这里还生长着一片雌雄分明的银灰杨树,雌树向着天空的叶片白色向上,绿色向下。雄树的叶片白色向下,绿色向上。到了夏天,雌雄树叶的叶面恰恰相反。进入秋季,杨树叶开始逐渐变红,一直持续到10月上旬。

我来的时候,杨树的叶子才开始发芽,我没能目睹这种奇特的现象。

离边防连不远处有一处蒙古族图瓦人村落,有几十户人家。父亲曾告诉我,这个村里有个60多岁的大爷,他是拥军模范,1958年他参加了北京国庆大典。这位老人警惕性很高。放牧中发现陌生人或可疑的人,会及时向边防站通报。作为一个普通的牧民,思想觉悟与战士一样,默默坚守着祖国的边疆。

如今,这里许多牧民跟当年的老人一样,成为守边护边建设边防的一员。

我站在边防连新营区向东南方向望去,萨尔哈姆山横亘在天际。同行的战士说,当地人称这座山为夫妻山,从村子出发骑马走三四个小时才能到达山顶,一路陡峭,非常难走,山顶在9月初就开始下雪。

因山谷落雨,忽然间,风停云散,阳光热情似火地拥抱了我和山谷中的一切。我漫步于山间,想起当年风华正茂的父亲骑马驰骋山间潇洒的样子,感慨起来。时间的无情与有情,在瞬间将两代人联系在了一起。

每年到9月底,边防连会派出一个班的战士去打马草。这些草,不仅供应马匹食用,还要满足连队饲养的那几百只羊的需求。山里到冬天吃蔬菜十分困难,但肉从来没有少过。一个冬天过去,战士们的

雪 域　　　　　　　　刘新海摄

体重都会增加几公斤，这都是肉的功劳。普通的百姓家里，吃肉是一件很奢侈的事情。在这里冬天就跟过年一样，顿顿有肉。

除了肉，还有咸菜酸菜。我在今日边防连的菜窖里看到尚未吃完的白菜和一坛坛咸菜。多年不曾吃咸菜的我，此刻想起父亲吃饭总离不开咸菜的习惯，眼睛就热起来了。

傅连长说，给你捞一些战士们自己腌制的咸菜尝尝。我满脸欢喜。想带回去给父亲吃。

我问连队战士吃鱼是从河里捞的吗？傅连长说都是从县城买来的。

记得父亲给我讲过一件牧民送鱼的故事。当年喀纳斯湖边村一位牧民的脚不慎被蛇咬伤，肿到了大腿处。边防站得知情况后，速派卫生员骑马出诊。经过一天一夜的悉心治疗，这位牧民转危为安。牧民为了表达对部队战士的感激。便想去喀纳斯湖为战士们捞鱼。他同他的两个儿子用了两天两夜将一棵三个人都抱不住的大松树砍倒，将三米多长的树干中间掏空，做成独木舟。那时候在喀纳斯湖中没有船，牧民跟他两个儿子一起，坐船到湖里去捞鱼，白天没有捞到鱼，晚上点着桦树皮拿着倒钩继续打捞。最后捞到一条重达20多公斤的鱼，一口气将鱼送到边防连。连队给他们送了三块砖茶和几包方糖，以表感谢。

在草木繁茂的山区，常有蛇咬伤人的情况，连队的卫生员出诊多达上百次也不足为奇了。

父亲说，连队最开心的是每年5月至9月军分区的宣传队会来演出，或者是放映队来站里放电影。放电影时，周围的牧民都来了。远处的牧民得到消息后也纷纷骑马赶来，最多的时候有四五百人。有一次正在放电影，忽然听到两声枪响，战士们都警觉起来。牧民们有点惊慌失措。站长当机立断喊大家就地不要乱动，继续看电影。派几名战士向枪响的方向侦查，结果是有人在路上遇到哈熊，开了两枪。

遇到哈熊是常有的事情，巡逻中遇到雪豹战士们就很意外。雪豹模样好看，神态威武，但看到人后，会很快溜走，没有发生攻击战士们的事。

父亲曾说，在边防站的几年里，除了狼袭击过连队的羊群，咬死了不少羊外，其他动物几乎没有危及过连队的安全。

有一阵子,狼多成灾,牧民们组织打狼队。狼是很聪明的动物,一个个都躲起来,并没有几只狼被打到。

冬季,在此生活的哈萨克族牧民们的冬宰活动也拉开了帷幕。这个传统习俗里,牧民们都要宰杀一批膘肥体壮的牛、羊、马等储备起来过冬食用。他们把过冬的肉食称为索古姆,一直要吃到来年春天。

一些牧民还会制作熏肉调剂口味。熏肉的传统做法是将肉切成块撒上盐,架在木架子上,用木材烟熏干,适宜较长时间的保存。熏肉可以煮着吃,也可以做抓饭,味道别样。

为了过冬,准备柴火也是一项任务。枯木死树躺在山林中,被战士们一个个扛运回来,再用斧头劈开,整齐地码放在营房外的墙边。牧民家都能看到,成为一道风景。

看见这些柴火,就想到熊熊火焰和沸腾的肉锅,还有歌声。

没有人介意你的音准,只在乎是不是加入唱歌的行列,你一首,他一首,或者大家一起唱。军歌或者哈萨克民歌等,但凡能想起来的歌都要唱一遍。这里冬季气候严寒,每年大雪封山达7个月之久,战士们能娱乐的方式远比现在的战士少得多,没有电,没有电视,没有网络,没有健身房,也许唱歌对年轻的战士们来说是打发寂寞的方式之一。

另一种比较刺激的方式就是滑雪。滑雪板是自己做的,一米多长,当然不能跟专业的滑雪板比了。但对年轻战士来说,这项充满挑战意味的运动具有莫大的吸引力。哪怕摔倒了,再爬起来也要学会。

后来看电视剧《林海雪原》时,那些战士身着白色斗篷,从山林间飞驰而过时,父亲说,当年我们也是一个山坡滑下来,又滑向另一个山坡。那感觉跟飞起来差不多,真是好啊!

听父亲这么说,我对滑雪也充满好奇,只是我踩在滑雪板上时,掌握不住平衡,连续摔了好几次后,胆怯得不敢再碰滑雪板了。这一点我承认不如父亲勇敢坚强。

对家国的意识,我是在界碑前顿悟到的。中国与哈萨克斯坦交界的一号界碑就伫立在白哈巴边防站辖区内的阿克哈巴河源头。我在界碑前站立良久,父亲当年并没有看到界碑。在高高的瞭望塔上,在阿勒泰山的友谊峰下,白哈巴边防站也成为"西北第一哨"。当然这是今天的叫法,当年没有人这么称呼这个普通的哨所。

刚才还阴沉沉的天,被阳光切开云层。雨停了,宝蓝色的天空下,一片澄净。那金色的阳光铺展在界碑上时,红色的"中国"两字如火焰一样燃烧着,我不由地激动起来。这就是祖国的边境线,半个多世纪前,父亲是守边人。如今我和我的下一代又是建设边疆的人。

忽然听到一声马的嘶鸣声,顺着声音望去,在不远处山坡下有几匹马在吃草。同行喂马的饲养员说,那是连队的马。那一刻,我想,大概马知道我父亲在这里服役过,父亲又那么喜欢马,它得到了来自这片草原的信息,在跟我打招呼吧。

之前我在连队马厩里看到的那匹名叫二毛的马会不会听到这叫声呢?

55年后白哈巴边防连已今非昔比,室

内训练场、宽敞的餐厅、明亮的宿舍、荣誉室、健身房、储备库等现代化的设施配备齐全。如今的战士们巡逻不仅保留了传统的骑马方式，开吉普车巡逻也是常态，同时还运用了现代化的电子设备，提高了边防执勤的科技含量。

热心的不仅是边防连的战士们，还有两位不曾相识的人：一位是曾经在该县政协工作的同志，为我找了许多哈巴河县的宣传资料；另一位是在客运站工作的同志，给我介绍他所熟知的哈巴河的情况。让我从多角度认识了这个静逸安详而温暖的小城。

## 三

迫不及待，是父亲看到我进门那一刻的神态。他肥胖的身子从椅子上站立起来，有点吃力，因为腰部受伤留下了后遗症。他步子急促地想迈出去，似乎已经等不及我走到他面前。那不过是几米的距离。我理解他，这不是几米的概念，是他心里积蓄了55年对哈巴河、对白哈巴边防连的思念与牵挂。我从没见他如此急切过。

我端起杯子喝水。父亲急慌慌地说，快讲讲，边防连怎么样了？

真是太好了。我说完，将拍的照片给他看。父亲激动的眼神盯着我的手机屏幕，不时地说，变了，变得太厉害了。

父亲问，部队还养马吗？我说养着呢！就是比以前少了一些。如今部队巡逻都是专业车辆巡逻，只有车辆无法抵达的地方才会派战士骑马去巡逻。

我将在部队马厩里拍摄的唯一一匹马的照片打开让父亲看。父亲的眼睛一下就亮了，把手机又拿近一点，看了又看说，好马，真是一匹好马！我说，部队通过几十年的建设，如今养马技术都改良了，马的品种也更优良了。

打开电脑，接上电视，让父亲又看了介绍哈巴河县的宣传片。父亲眼睛盯着画面，嘴巴张着：大变样了，我都认不出来了。我心想，您都从意气风发的小伙子成了步履蹒跚的老人，一个地方怎么可能不会发生变化呢！

看完片子差不多中午了，妹妹端过米饭。我将傅连长捎来的咸菜放在桌子上。"这是战士们自己腌制的咸菜，尝尝看。"父亲接过我递给他的筷子，夹起咸菜放进嘴里慢慢咀嚼着，半晌说，好吃，好吃！

当我把一个白色的盒子放在父亲面前时，他用疑问的眼神看着我。我说，看看是什么东西。

这是一个普通的鞋盒，盒子很轻，不像装了什么重物。但我能想象它在父亲记忆中的重要位置。父亲真是老了，颤抖的手，两次都没有拿起盒子，好不容易拿起来，却打不开。我没有想帮他打开的意思，这个过程只属于他。父亲的指甲干瘪了，没有光泽。他想用指甲将盖子抠开，一次，两次，三次，到了第五次才慢慢抠开，看到一块十几厘米长腐朽的松木，疑惑地看看我，又瞅瞅半截木头。"这是从边防连防御工事遗址上捡来的。"此时，我看到父亲的目光定在松木上，过一会儿再看时，发现父亲眼眶里噙满泪水。我不再看父亲，冲窗外望去，外面下起雨来，是那种无声无息的。◆

◇ 赵培光

# 草原深处的石城

**作者简介：**

赵培光，诗人，散文家，中国作家协会会员、中华全国新闻工作者协会理事、吉林省作家协会副主席、吉林省散文委员会主任、吉林省杂文学会副会长、《吉林日报·东北风》周刊主编、高级编辑(二级)。

作品曾荣获冰心散文奖、孙犁编辑奖、第十五届长江韬奋奖；出版诗集、散文集、小说集等16部。

在新疆的阿勒泰，在阿勒泰的吉木乃，在吉木乃的草原深处，矗立着一座气势磅礴、气度畅达、气韵流荡的"古代神殿"。它不是传说，也不是人们热衷的神话，千年万年，就那么无怨无悔地雄浑着、轩昂着、壮丽着、璀璨着。

——人们叫它"草原石城"。

我来访问的时候，时维七月，这里却凉沁沁的，微风撩人心扉。

放眼望去，山坡上、山冈上、山峰上，全是形态各异的巨石。对，巨石，一块块、一堆堆、一丛丛，连成了汪洋恣肆的海。说到海，我忽然惭愧了，因为此刻的我，目力所及的，只不过是周围的数米高，乃至数十米高的石块、石堆、石丛。像什么呢？什么都像，什么都能够像，什么都可以像。沿着山路由浅入深地走，恍然间，我看到了圣诞老人、少女和胖乎乎的男婴，看到了狮子、骆驼和气咻咻的乌龟。我寄希望每块神奇的石头，古风古情，都有一个神奇的故事。

在失望的边缘，神奇的故事，围绕着神奇的泉水不失时机地展开了：有位哈萨克妇女，婚后多年不孕，偶然间听说石城隐藏着一个山洞，山洞隐藏着一眼泉水，便从千里之外拍马赶到，借着月光在洞泉里洗浴。离开之际，虔诚地叩拜求子。果然，她如愿以偿。这件事，被当地的牧民传开，远远近近，从此未断前来祈祷的踪影……

我的目光，随着故事的起伏而起伏，抵达"波涛汹涌的壮阔"，似海。

远古的石城，还真是海！

呵呵，现实的面貌，便是曾经的海底。

侥幸"游"身于此，我有心把这个接近完整甚至完美的"海底世界"描绘出来，纯属妄想。因为，时间和空间仅仅给了我管中窥豹的机会。没办法一览众山小，只好择一块相对理想的石头坐下来。

静静地，从此石到彼石，从阅读到悦读，俨然一位小学生，认认真真地做着思古之幽情的功课。

一

我不知道有没有上苍。

有？还是没有？

没有？那么，是谁把如此庞大的石城，安排在了阿勒泰的吉木乃？是谁把如此辉煌的石城，安排在了吉木乃的高山草原？学习天空，向绚烂的天空崛起；学习历史，向永恒的历史靠近。

大象或许无形。

检阅大自然，遗留下诸多败笔，更造化出数不胜数的杰作，及其杰作中的杰作。"海落山隆起石城，自将磨洗砺峥嵘。安疆莫谓敌难御，此地能当百万兵。"同行诗人吴文昌老师，神思飞扬，眼疾手快，即兴一首七绝，全然勾勒出草原石城的前世今生。

而我，却只能望石兴叹！

比石城无边的，除了头顶的天空，便是由脚下铺向天空的草原了。此地，北纬47度，石头间的草原，绿意弥漫，香气浓郁，恰到好处地衬托出石城的巍峨与雄伟。

我恨自己不是画家，苹果手机拍出来的景致七歪八扭，羞于示人。还好，我可以用眼睛贪婪地"抓取"精妙的局部，甚至上前用手掌去抚摸那局部的局部，细节决定趣味。

盘旋的老鹰，嘎嘎地叫着，它是在讥诮我吗？摇曳的小花，眯眯地笑着，它是

千奇百怪的石头

刘新海摄

在嘲弄我吗？管不了那么多了，跟石头在一起，我觉得我变成了石头，只想对视，不想对话。所谓心有灵犀，最怕一点不通。自作多情？既然水乳交融，请允许我自作多情啊！

还请允许我的自作多情蔓延开来，联想到冬天的雪花及雪花纷纷扬扬飘落的石城。事实上，我置身的这片山坡，9月伊始，则被一些哈萨克牧民收复了。当然是收复，原本嘛，这里原本就是他们的冬窝子。转场过来，在这里扎起形状如天的毡房，炊烟、牛羊、笑声、歌舞、冬不拉，分明是一幅幅流动的吉祥安康的生活图景。

次年6月，大多数哈萨克牧民又带着全部家当及梦想出征远方的水肥草丰的夏牧场了。后面，跟着哞哞或咩咩叫的牛羊。

留下来的，便是浩瀚的默默无语的草原石城……

## 二

石城毕竟是石城，纯粹而圆润的花岗岩石蛋地貌，遗世独立，不同凡响。

无须提及270平方千米的辖区面积，无须提及67平方千米的核心景区。单单是那些扑面而来的石阵石列，便吸引了我——不，是震撼了我，是那种瞬间的灵魂与情感、情感与灵魂的"全震撼"！

与其说它是天然的奇石博物馆，毋宁说它是天生的奇石大家族。有道是，群贤毕至，如同集会；群情激昂，宛若庆典。静下心来走一程又一程，植物、动物、人物，但凡想得出来的，都可以找得出来对应石。换言之，有多少想象，就有多少满足。当然，这里的石，一律以"巨"著称。边看边琢磨，不消说巨虎、巨熊、巨牛、巨马，即便是鸡、鸭、鼠、虾，也必须冠之以"巨"。相对于形形色色的石，人是渺小的、无力的、无可奈何的。篡改一下那句老话：大千石城，无奇不有。

爱，果然是一场自我教育。

处处风光处处景，我偏偏是个得寸进尺的人。我得寸进尺地想，倘若早晨或者黄昏，这里一定比仙境还仙境，比美丽还美丽。谁知，这种近乎天真的思绪居然在后五天的新疆野马艺术馆里得到艺术的证实。那是一幅油画，是俄罗斯画家依据馆长陈志峰摄影复制的。"复制"的这幅作品中，晨光或夕光淡淡地、柔柔地照耀着安谧、宁和、无声无息的石城，迷幻而幽深。可惜，我没看到原片。如果有天堂，我觉得，此时的石城应该算上一个。

天下景观，雷同者众。而在阿勒泰，堪与石城相提并论的，首推喀纳斯湖。自家人矣！一个粗犷，一个妩媚。是兄妹之谓？还是姐弟之称？那要看彼此的心愿了。说到底，石城所以无与伦比，还在于它未被湮没的文化形态和未被蚀毁的贯通精神。这里，端庄与狰狞交锋，坚硬与柔软交错，荒凉与繁华交替，野蛮与文明交融。没有失败，没有胜利，只剩下和平。

和，为贵！

此前，我一直陶醉于自己顺情顺意的生活里，风花雪月即便风雨雷电，照单全收。以为眼界大开了，以为胸怀大开了，其实差得远哩！今次出访，意犹未尽，我宁愿迷失在这奇绝而灵性的石城中。

积极的迷失，何尝不是一种人生好境？

石不能言，岿然不动。伶牙俐齿的人反而肤浅了，轻飘飘的，怕只怕身不由己，随了那一片叶子，一缕风……

## 三

我得老老实实承认，石城是部大书，石块是字，石堆是句，石丛是页。许多字，许多句，许多页，合在一起便构成了卷帙浩繁的震古烁今的自然史与人类史。

辉煌读自寂寥，灿烂读自素朴。

名字不过是序。

草原石城坐落于吉木乃。在广袤无垠的阿勒泰地域，诸如吉木乃、布尔津、可可托海、额尔齐斯河之类的名字倒很有些意思。看字听音，一开始难免疑惑，什么意思嘛？不知道也好，没什么意思也罢，并不重要，重要的是读出来或叫出来，乐感十足，唱情歌般的效果。这，就是意思！……够意思吧？

独有草原石城，一字一词，音出义显。汉族人直截了当的习惯称谓，意外地出现在了集哈萨克、汉、回、维吾尔、蒙古等36个民族为一方水土的阿勒泰。

也不意外。名字，即代号，叫起来顺口，听起来顺心，足矣！

恰巧，来访石城的路上，捡了个有关牧民的笑话。

——孩子，你在这里做什么？
——放羊。
——为什么放羊？
——挣钱。
——挣钱做什么？
——娶媳妇。
——娶媳妇为啥？
——生孩子。
——生孩子干吗？
——放羊。

我当时一笑了之，以为跟那个渔夫晒太阳的浅段子差不许多，没什么回味。此刻，身居石城的一隅，望天空云淡风轻，看大地草嫩花鲜，想牧民足食丰衣，念时光有始无终，忽然生发出久已不再的冲动。做石头多好，做那个孩子多好，有名无名都是幸运，有情无情都是幸福。

海德格尔说：人，诗意地栖居。

……多么好啊！

## 四

是偶然吗？抑或是偶然中的必然？

我惊喜地发现，在相同的纬度上，大西北的石城与大东北的森林城遥相呼应。一头是石，一头是树；一头近在眼前，一头远在天边。日日夜夜，守候与护佑，忠贞不渝地履行着自己的职责。

它们相约过吗？它们盟誓过吗？

问石头，石头不语。

问树木，树木不语。

便多余问天空和大地了。大地上，天空下，万物生长，自行其道。尽管，石头跟石头不一样，树木跟树木不一样，但它们互相致意，互不攀比。或许有大小，无所谓尊卑；或许有强弱，无所谓贵贱。每个生命有每个生命的生存理由与权利，尊卑贵贱不过是人类的视角，与它们的生存无关。

一石一世界，一树一世界。光阴中，石城的石和森林城的树，安居乐业，夫复何求？

## 五

哦，在这里，我终于听到了一种接近真相的说法，大体是——

被誉为"艺术里的珍品，皇冠上的明珠"之《在那遥远的地方》，原产地便是吉木乃萨吾尔山的辽阔草原。石城可作旁证：1939年，27岁的王洛宾有幸参演影片《民族万岁》，爱上了女主角卓玛。他借助熟悉的哈萨克民歌《羊群里躺着想念你的人》创作而成。民歌原词一开始是这样的："在那遥远的地方，萨吾尔草原，留着我那心爱的姑娘。远走的时刻，无声地离开她的身旁，心中好像古尔班通古特沙漠，想要和她一生幸福真难。"

热恋中的王洛宾，突发奇想，更激情、更柔软、更直白地道出了自己的心声：

在那遥远的地方，有位好姑娘。人们走过她的帐篷，都要回头留恋地张望。

她那粉红的小脸，好像红太阳。她那美丽动人的眼睛，好像晚上明媚的月亮。

我愿抛弃了财产，给她去放羊。每天看着那粉红的小脸，和那美丽金边的衣裳。

我愿做一只小羊，跟在她身旁。我愿每天她拿着皮鞭，不断轻轻打在我身上。

这首脍炙人口的歌曲，流传了七十余年，唱起来依旧挚挚切切，痴痴缠缠。由此，我认定草原深处神秘而曼妙，尤其适宜生长爱情。站在石城的山垭，微风拂面，心旌摇荡，于是下意识地把期冀的目光投向远方，由远及近的草原。呵呵，我的那个"卓玛"会不会出现？会不会粉红着小脸、摇着皮鞭、赶着羊群笑盈盈地向我走来？

人说，动什么别动感情。

我说，动什么别动石头。

在这里，一切都被"石化"，而非"人化"。任何一厢情愿的私心或杂念，都显得轻薄，太小儿科或者太小把戏，是经不住风霜雨雪的，奢谈岁月了。

## 六

阿勒泰，金山银水，石城无疑是明珠！

万水千山走遍，最忆是石城。归来的几天里，那一块块、一堆堆、一丛丛的巨石，总是不由自主地浮现在我的脑海，似飘落的锦缎，又似飘起的云霞，丰美而光灿。

这些悠来荡去的记忆片断，委实值得珍藏及珍惜。

或许，是我过于郑重其事了？郑重其事的又何止我一个人？

我甚至甘愿自己百年之后，被送到那遥远的阿勒泰，送到那吉木乃的草原深处。石城，当地人习惯叫它"一窝羊"。就让我化作"一窝羊"中的"一只羊"吧，千年万年，接受太阳的照耀和月亮的爱抚。每逢七月，"一只羊"的周围开满各种各样的花朵：百合、芍药、秦艽、蔷薇、金莲花、银莲花……

我以外的许多访客，兴许跟我有着同样的遇见、联想及浪漫情怀。然而，隐藏在草原深处的无穷奥秘，永远也破解不尽，譬如这座"奥地叶"（神石城）。

——承载，却不承诺！

——相伴，却不相许！◆

# 可可托海二题

◇ 杨建英

**作者简介：**

杨建英，北京人，新疆作家协会会员、中国散文协会会员、中国报告文学学会会员，现为新疆阿勒泰地区文联副主席。其作品散见于《文艺报》《散文百家》《人民日报》《光明日报》《美丽乡村》等报刊，曾出版散文集《老山城》、随笔集《山城密码》、报告文学集《新疆脊梁》。

## 绝壁神钟

神钟山——是挂在可可托海人胸前的一枚徽章，金光闪闪；是插在金山大地上的一根神针，针灸群峦。站在山脚往上看，脖子仰得生疼，还是看不出个所以然。但是，不看还不行，这个黢黑冥顽的家伙，镔铁塔似的耸立在我们身旁，想无视它根本不可能。最要命的是：它不光有形，而且有声，如一口擎天巨钟在人们耳畔轰然作响。

既然躲不开它，那就靠近它，融入它吧！

当年，法国人非常厌恶那个无论在巴黎任何角度都能望到的钢铁怪物——埃菲尔铁塔。其中骂得最凶的要数作家莫泊桑了——声言：有它无我，有我无它！直到有一天，人们在塔里惊异地碰到了他。他说了句非常好玩儿的话：见鬼，只有待在这里，才看不到这个该死的家伙！

好吧，那就由恨生爱，让我们靠近这座山，开启可可托海八

神钟山　　　　　　　　　　　　　　　杨建英摄

处奇景之旅，看看它的神奇之处——

## 一奇　独石成峰

这座神奇的花岗岩山峰在额尔齐斯河南岸平地而起，孤峰傲立，为阿尔泰山之最。

额尔齐斯大峡谷是雄性的。峡谷中号称"一百单八峰"，有的整座山就是一块大石头。漫步其中，恍入仙境，人似蚁，石如山，"卡通"十足，妙趣横生，这才是名副其实的"童话之城"。

神钟山相对高度351米，按人平均身高1.7米算，山是人的207倍。

在自然与人文景观中，我认为：凡由人造的，是越贴近人越好——木屋、毡房、马扎，小桥、曲水、人家；凡由自然形成的，是越疏离人越好。否则，山，窝胸塌背；树，萎靡没形儿。人就会想：连你都混成这个样子，我看你干啥！

这座单石成峰的山体是很有些看头的。光溜溜地不裂一条缝隙让你攀踏，不生一棵灌木叫人揪扯；无层岩虚张声势，少雾霭装神弄鬼。无疑，这是座纯粹的山！

## 二奇　倒扣如钟

一座山把自己弄成一口钟的形状，你就不能不怀疑这是大地的别有用心——这家伙到底想干啥呀？

其实，它啥都不想干。它就站在这个曾叫大东沟的沟口，守住满谷的奇木怪石，千年传说，任凭脚下那条没心没肺的大河哗哗流淌。向南、向西又向北，去与那个听着都令人齿寒的北冰洋汇合。

青山有意，流水无情，你让它能咋办？

既然留不住，干脆就放手。挺直身，翘首相送；放钟鸣，伴君几程。

看过一些关于这座山的资料，有个误区——好多文章都说这山像一口倒扣的大钟。笑话！钟不倒扣，难道让它正立？那不成了朝天喇叭！正确的表述应该是：这座山体倒扣呈钟形。

山者，大地隆起之物也！偏偏这座山，不像是从地上长上去的，倒像是从天上倾倒下来的——山体上尖下圆，线条纷披直下；轮廓浑然成钟体，"浇筑"一次成型。

我听说，可可托海的宝藏是额尔齐斯河泄了密。当年俄罗斯人在下游的河水中发现了矿物元素，于是沿河溯流而上最终找到此地。突发奇想：既然大河能泄露大地的秘密，那么，大山就不能泄露上天的秘密吗？

我坚信这些直刺青天的大山也一定隐藏着上天的心事。只不过我们总是没有足够的耐心与大山说说话。就这么匆匆忙忙地与它擦身而过，一路向前，不知道前边在啥召唤着我们。

黑格尔说：那隐藏着的宇宙本质，自身并没有力量足以抗拒求知的勇气。对于勇毅的求知者，它只能揭开它的秘密，将它的财富和奥妙公开给他，让他享受。

说得挺好，可又有谁听呢？

我一直在想，现在的旅游景点除了纯粹的摄影观光之外，好像真的没什么功能了。景观在没有干部培训学院的古代是有着重要的教化功能的。"鸢飞戾天者，望峰息心；经纶世务者，窥谷忘反。"古人大都通过名山大川、落日长河、烽烟大漠等自然的教化发深邃高华之感悟，展博雅浩瀚之文思，写沉雄逸迈之篇章，从而使思想境界得到升华。

人是自然的产物，大自然是最好的学校。在如今各种教育形式中，开创一种独特的自然教化课不妨一试！直说吧：将神钟山景区打造成"警钟长鸣，廉政、法制、安全生产等教育基地"，做些探索尝试，未尝不可。

### 三奇　神魂附体

可可托海人把此山定名为"神钟山"，我以为不是多高的礼遇。只不过是对大地这件处心积虑的，或者说玩世不恭的作品报以原始的、懵懂的敬畏。

世人习惯把弄不懂的事都称为"神"。《易经》对神的定义就是：阴阳不测者谓之神。打篮球：3米外投篮进了——好球！10米外投中——神了！

人是这样，动物也一样。

中学时有篇课文叫《黔之驴》说：从前贵州那地方没有驴，几个吃饱了撑得没事干的倒爷，用船倒腾进去一头。后来发现那地方净是山地水田，驴根本派不上用场，就放到山下。一只老虎见了，吓了一跳：哇！"庞然大物也，以为神！"

老虎把驴当成神，果真是这样的话，那在老虎的成长史上就成了被武松暴打之外，又一件丢面子的事。还好，老虎观察了几天，最终发现这个家伙没啥本事儿，一口把这尊神给吞了。文章最后："断其喉，尽其肉，乃去！"一副心犹不甘的样子。

对此，我初中时的一位同学解释说：老虎咬断驴的脖子，吃完它的肉，骂了句，他奶奶的！才愤然离去——"乃去"嘛！

由此看来，在对待神的问题上，动物要比人决绝。一旦认清真相，就立刻幡然悔悟。人可不是这样，认死理儿。要不，直到现在还有人对巫医神汉、邪魔教主崇拜有加，拉都拉不回来。

神钟山是位真神，并非装神。因为它确能提神。萎靡者见之，神情一振；昂扬者邂逅，会神一哂。山无言，以形传神；峰不语，引人神往。

## 四奇　爱情象征

人是有悲剧情结的动物，祥林嫂似的到处述说自己的苦难，特别是爱情悲剧。主要表现是夸大其词，惊世骇俗。而且，特别喜欢借助"大平台"展示这些。像神钟山这样的擎天巨峰，怎能放过？如果不在上面附加一些悲情故事，那简直就是浪费材料。

真的，散落在祖国各地的望夫台、忘情谷、断魂崖等都属此类状况。

神钟山又称阿米尔萨拉峰。缘于本地民间流传的一段传说：有个小伙子叫洪太吉，他是部落王的儿子，他爱上一个姑娘叫萨拉，但姑娘却爱上了他的朋友阿米尔。为了萨拉，两个好友反目成仇。阿米尔和萨拉私奔来到钟山脚下，并在山顶安家，幸福地生活着。洪太吉得知此事，心生仇恨，发誓一定要找到他们。终于有一天，他在钟山发现了他们的踪迹。一天，萨拉背对额河，梳理美丽的长发。这时，洪太吉对着萨拉的背影射出了仇恨的箭，萨拉从钟山顶上掉了下来。阿米尔悲痛欲绝，也从山上跳下来，双双殒命。

故事美丽凄凉，形式陈旧老套。硬生生给这个钢浇铁铸般的大山揉搓出一段温情。

然而，这样的故事可以感动普通游客。但对于那些内心充斥颤抖喧哗、大悲大喜的诗人作家们却无济于事。

诗人舒婷曾劝慰"神女峰"——"与其在悬崖上展览千年，不如在爱人肩头痛哭一晚"。散文家李娟也无视这些传说，她认为："爱情就是陡立于生活中的那一处绝境，是我们无法熄灭的那一片激情。它高昂、俏丽，它不妥协附会，它清傲忠贞，它是誓言，是坚守，是以此为证……"

真正的景观无须私搭乱建、违规张贴廉价的传说，它是人的心灵诞生勇气的地方啊！

秋日午后，微雨蒙蒙，独立峰前，心浪翻滚。阴云屏蔽一切杂乱的干扰；细雨润湿干涩的心田。我在这边，山在那边。把心中的一切向它诉说，并通过它说给天听。

有理不在声高，有情不在身高。爱情虽是生活中陡立的高山峻崖，但相爱的双方应该是平等的。为什么哪怕只有一点点的优越，就无限放大，令人仰止，高不可攀？为什么一点点的高度就要生出冷漠，叫人齿寒、深不可测？

"你以为我穷，长得不好看，就没有感情吗？我也有！假如上帝赐予我美貌与财富，我一定会使你难以离开我，正如我现在难以离开你。上帝没有这样做，但是我们的精神是平等的……"这是简·爱对这种不平等发出的控诉！

天空早已放晴，晚霞已呈殷红。而此时的我却是：眼中的雨绵然而下，心中的雨肆意磅礴……

好一座巍峰，上揽浮云下抚水；只几杵疏钟，夜宜明月昼宜风。

正是：

碧水青山朗朗风，
清平今古此心同。
上苍或是知人意，
特立擎天警世钟。

（注：本诗由长春吴文昌先生所作）

2018年10月

## 功勋坑

可可托海是座矿山，处处彰显着"咱们工人力量有，地球也要抖三抖"的工业化色彩，"老大哥"风姿，震撼你没商量的架势！

不信是吧？你看，瞻仰神钟山，脖子仰得酸疼；俯视三号矿坑，头低得充血，这一抬头又一低头，恰好就是一个"点头"的动作。也就是说，你想对可可托海不予认可都不行（大有牛不喝水强按头之感）。

神钟山与三号矿坑是一对绝代双骄。一个相对高度351米，浑然天成，雄性阳刚；一个是将一座垂直高度260米的高山削平后，又向下挖了百余米，人工造就，雌性阴柔。因此，这两个"活宝"合作，诞生了可可托海的无数神奇。

从空中俯瞰三号矿坑，由坑底盘旋而上的车辙恰好形成一枚巨大的指纹——"斗"，这是财富的象征！

曾经沧海难为水，海水不可用斗量。偏不信！今天就用这只巨大的金瓯巨斗，来量一量可可托海之水。三号矿坑神奇有四——

### 一奇 人造山谷

这很难说是个大坑了，其规模形制俨然山谷。深200米，长250米，宽240米，边壁上的盘山道呈螺旋状。至于有人怀疑这是否是人为造就？基本上用眼就能判断。这绝不会是彗星惹出的祸端、地震诞下的孽缘，这分明是人力所为，撼天动地，与二者的伟力不相上下。

人类浩大工程中，古有愚公移山——夺出路，造坦途，子孙齐上，搬山掘岭；今有三号矿坑——偿巨债，推卫星，爆"两弹"，肉躯抗岩，瘦骨撑天。

抒情的言辞并不能取代工业生产的严谨与科学，深谷的成型是矿脉的诱惑与工匠雕琢的结果。三号矿坑盛斟着拼搏的浓浆，满溢着智慧的佳酿。随便说两个：

露天剥离、光面爆破。三号矿坑有13层旋转而下的运矿车道，有5个像刀砍斧斫一样平整的边坡。这就是国内各大矿山竞相学习的典范——光面爆破技术！

传统的露天剥离都是由人工完成。成本高，耗时长，稳固差，危险大。过去放炮，石头都能炸飞到河对岸去。改良爆破，要驯服石头先要控制钻孔与炸药。能工张志呈，控制住了爆破中的岩石硬根，被称为"张硬根"；巧匠田昭，降服了爆破中的大块，被称为"田大块"。二人联手实施的光面爆破被专家称之为"制图一样的爆破"（即：图纸画出什么样,我就能爆破出什么样）。

引蛇出洞,疏干排水。由于三号矿坑位于额尔齐斯河南岸,坑底与额河有120米的落差。相对而言,额河是一条悬河。这二者从表面上看秋毫无犯,实际上却暗中私通。地下竟有5条基岩强透水裂隙带直达矿床,不及时处理渗水问题,会严重影响正常生产。

20世纪五六十年代,科研人员开始反复对地下水文勘探,查清位置,提出了深孔预先疏干排水技术方案,成立140多人的疏干排水专业队伍,在矿坑西北和北部钻了12个疏干井,再用深井排水泵将水排出,顺利降低了含水层的水位。此技术为全国同类矿山提供了系统的经验和技术。自投入运行直到现在,还有5个疏干井在工作,每天的排水量还有1万多立方米。

## 二奇　矿富翘楚

三号矿坑是伟晶岩脉矿坑,素以"地质矿产博物馆"享誉海内外。至于是不是世界上最大的矿坑,无讨论的必要。据说：俄罗斯西伯利亚钻石矿坑直径1 600米,深度533米;辽宁阜新露天煤矿长达4 000米,宽有2 000米,深到350米,等等。三号矿坑不以大取胜,而以"富"称雄。它拥有地球上已知140多种矿物中的86种,其中76种矿共生,占人类已知有用矿物种类的60%。而且各种矿物呈十分规则的螺旋带状分布,分布界线非常分明。这让人疑惑不解,莫非亿万年前,造物主是拿着门捷列夫的化学元素周期表"勾兑"此坑的？神奇得令人怀疑人生。

三号矿坑　　　　　　　　　杨建英摄

它富集铍、锂、钽、铌、铯等金属(其中铍资源量居全国首位,铯、锂、钽资源量分别居全国第五、六、九位);有五花八门的有色金属铜、镍、铅、锌等;有形形色色的非金属云母、长石、石英等;有流光溢彩的宝石海兰、紫罗兰、石榴石等;其规模之大,矿种之多,品位之高,成带性之分明为国内独有、国外罕见,成为研究地质学专家心目中的"圣地"!

### 三奇　建功无匹

三号矿坑是可可托海的地标,不看这个大坑等于没来可可托海。世间凡被称作地标的,或危楼百尺,或峻岭千仞,总之是被人仰慕的所在。很少见三号矿坑这样,令人低头俯视,"卑躬屈膝"。平凡的人们给我最多感动,底层的力量深不见底!

三号矿坑以其独特的形状,激发了人们无数的艺术想象。有人把这个大深坑比作"古罗马斗兽场";曾设计可可托海地下水电站的宗家源先生将此坑誉为"金瓯"(黄金宝盆);散文《长跪三号坑》中,作者把三号矿坑比作一只被挤干了乳汁的乳房;我在为可可托海"红色教育基地"(可可托海干部学院前身)撰写三号矿坑现场教学词中,将其喻为祖国母亲身上的巨大"伤疤"和能够发出轰天呐喊的巨大"喉咙"……凡此种种,说不上贴切,但也不能批为谬误。这只是人们对三号矿坑的一种爱。

将其比作"斗兽场",是因为它参与过大国博弈,它拿出的矿产品研制出的"两弹一星"制衡过世界和平。将它誉为"金瓯",是因为那些占到矿山储量九成以上的神秘兮兮的稀有金属都是世之瑰宝。

简单科普一下吧,就拿盛产的锂、铍、铯来说,看看它们到底有什么神奇。

讲锂。专家说,1千克锂燃烧后可释放4.2万千焦的热量。因此锂被用来作为火箭推进燃料。1千克锂通过热核反应放出的能量,相当于燃烧2万多吨优质煤,于是人们用它建核电厂。1千克氘化锂的爆炸力相当于5万吨烈性TNT(三硝基甲苯),由此人们造出了核武器。

扯铍。铍是一种银白色有光泽比较软的金属。铍的氧化物密度小,硬度大,熔点高达2 450摄氏度。由于它良好的导热、导电、耐热、耐磨、耐腐蚀、无磁性、冲击时不产生火花等优点,被越来越广泛地应用于仪表、仪器、计算机、汽车、家电等工业中,进而更好地提高我们的生活质量。

谈铯。铯的发现改变了人们对时间的认识。人们根据铯原子的最外层电子,围绕着原子核旋转的速度,总是极其精确在几十亿分之一秒的时间里完成一圈的特点,制成了一种新型的钟——铯原子钟,利用铯原子钟,人们可以十分精确地测量出十亿分之一秒的时间,精确度和稳定性,远远地超过世界上过去的任何一种钟表,也改变了多年来一直以地球自转作基准的天文时间。

这只是三号矿坑中三种矿产品的功用,而它所蕴藏的86种矿物造福人类所立奇功,怕是不胜枚举,"罄竹难书"了。

### 四奇　撑天瘦骨

三号矿坑被赞为"英雄矿""功勋矿"

额尔齐斯河畔的桦林　　　　　　　　向京摄

可不是说着玩的。虽然严谨科学的工业设计生产，使它具有了雕塑美，但是，把好端端的大地挖成这副模样，又呈现出一种废墟之美。这一切的背后到底经历了什么？

那个把三号矿坑比作乳房的作者说：它挤出自己的"乳汁"，哺育了核工业，偿还了苏联债务。"惊天核武凭忝料，落月嫦娥赖起航"，设喻的是否高明暂且不论，但围绕三号矿坑的两大历史功绩是实实在在的。前者，由航天基金会颁发的"两弹一星"爱国主义教育基地奖牌，金光耀眼；后者（还外债），刊论于国家媒体，口述于当事老人，传播于接团导游，教授于培训讲师。至于到底还了多少债？有说一半的，有说百分之四十的。其实纠缠这个毫无意义。既然将此比作祖国母亲用血肉乳汁还账，那又有谁能说得清，我们整个童年到底喝了多少母亲的奶水？这是一种恩情，更是一种悲情！

绿宝石沉下去，红往事浮上来。面对巨坑，抒敬仰胸臆，发感叹之情都是正常不过的。写可可托海一定要实事求是、尊重历史。有人说，三号矿坑发现了7种新的化学元素；还有人说，钱学森、李四光这样的大科学家来过此地。这些都是杜撰猎奇、哗众取宠。

物质被掏空，精神做填充，真的没必要生造传奇。这座硕大无朋的"虚空"带给我们信念的勇毅、理想的丰盈。2016年，我在撰写三号矿坑现场教学词中说：与其说我们在俯视这座深坑，不如说是在仰视那种顶天立地的可可托海精神！

正是：

金瓯硕乳不世功，

核武偿债震长空。

平生感慨无多处，

甘愿长跪三号坑。◆

荒野精灵　初雯雯

自然笔记 ZIRAN BIJI

自然笔记

◇ 初雯雯

# 荒野精灵

**作者简介：**

初雯雯，出生于新疆阿勒泰市，90后，本科毕业于中国农业大学，研究生就读于北京林业大学；自幼随父亲等科研人员参与野生动物保护事业，时常拿着相机徒步野外，记录野生动物最本真的状态；在校期间，参加了北京卫视《我是演说家》节目的演讲，参加了中央一台国庆特别节目，呼吁人们保护野生动物。

## 河　狸

在中蒙边境的乌伦古河流域，树木成林，水流遍地，也是蚊子的天堂。只有到了这里，你才能体会到什么叫真正的"夏蚁成雷"。我在河谷的树林中穿行，经常一脚下去，"轰"地就会腾起一坨"乌云"——黑压压的全是蚊子，真不夸张。前些年，驻守这里的边防战士养的猪受不了蚊子叮咬，撞墙自杀，还上了新闻。猪皮厚，且如此，何况人呢！就算是军裤加冲锋裤，我也照样难敌蚊子的袭击，腿上经常被咬得疙疙瘩瘩，跟鳄鱼皮一样。

都这么可怕了，我为啥还去那里呢？因为我最爱的一个小物种——会产香泌油、建造别墅、修筑水坝、啃倒大树、在河水里游来游去的河狸，就生活在这里。这种有智慧的小东西，叫作蒙新河狸（C.f.birulai），属于河狸的一个亚种，仅分布于新疆阿勒泰地区的乌伦古河流域。目前（2019年）的观测记录显示，它们仅存162个家族，加起来不到600只，比大熊猫稀少，却和大熊猫同样可爱。

蒙新河狸长得圆咕隆咚，全身毛皮蓬松，俨然是一个棕色的球。这些皮毛分为两层，底绒贴身，外层是用来抹防水油脂的长毛，很有层次，看着就像一块会移动的巧克力。说到这儿，我好像发现了喜爱河狸的原因，因为每次看到它们都幸福感爆棚，就像看到了一块又一块的巧克力。不说了，哈喇子流下来了！

蒙新河狸属啮齿目、河狸科，却一点儿都没有啮齿目动物（例如耗子）的狰狞。它们的耳朵小小的，萌萌哒；它们的眼睛，就跟一坨巧克力上塞了俩绿豆，或者是拖鞋上镶上了两颗绿豆——嗯，是拖鞋；它们的鼻子长得像个栗子，而且是被掏了俩洞的栗子，不过这也是它们最好用的工具：寻找食物、辨别领地、发现天敌，就连找女朋友或男朋友……也全是靠鼻子。

大约在3400万年前的渐新世初期的"大间断"时期，河狸的祖先就出现了。它们拥有很特殊的皮质尾巴，和鸭嘴兽的一样。曾经，它们和牛一样大，但随着时间的推移，它们的体形慢慢变小，并繁衍至今，从未灭绝。蒙新河狸的尾巴是扁的，且呈椭圆状，这也是它们最特别的一点。虽然尾巴中间能摸到骨头，但看着还是很像一个鞋垫。在游泳时，"鞋垫"的作用就体现出来了——掌握方向和吓唬我。每次我默默地走在河道里，不小心被河狸发现时，都会被当成入侵者。河狸受到惊扰，会把上半个身子稍稍往上蹿，再一下子潜入水中，到了尾巴接触水面的一瞬，它会猛力拍击，发出"啪叽"的一声。结果，反倒是我被吓得浑身一抖，扭头跑掉。

蒙新河狸很时尚，拥有自己的"河狸

正在觅食的蒙新河狸　　　　　　　　初雯雯摄

牌"香水。它们的肛门附近有两个腺体,会分泌气味浓烈的河狸香。它同龙涎香、麝香、灵猫香一起并称为"世界四大动物名香"。河狸每次标记领地时,都会拿小爪爪撮出半个拳头大小且呈金字塔形状的土堆,再往上面挤点儿河狸香。这样,方圆几千米内的河狸都知道这片领地属于哪个家族、哪只河狸了。

蒙新河狸几乎没有任何防御能力,它们唯一的武器就是那对大板牙。不过,大板牙对于反击天敌没啥帮助,因为蒙新河狸身体肉嘟嘟的,不可能打得过狐狸和狼,甚至最小的鼬科动物都会对它们产生威胁。我看它们,只是像巧克力,可在那些林间的食肉动物眼里,它们那脂肥肉厚的身躯可是真正的"巧克力"。不过,蒙新河狸想出了解决办法:狼、狗、狐狸和人类这些天敌都会在白天出现,"不就是白天嘛,我打不过你,那你瘦你们玩儿,我胖我先睡,没什么大不了的,淡然应对!"于是,蒙新河狸日间钻回窝里,晚上出来活动,变成了昼伏夜出的物种。那对于很多夜间出没的动物,比如猫头鹰、鼬科动物(黄鼠狼、虎鼬)这类捕食者怎么办呢?蒙新河狸是这么想的:"既然老天爷给了我人畜无害的五短身材,反正打不过,我就躲呗!"于是,蒙新河狸在夜间活动时,会以水环境为隐蔽媒介,有任何危险征兆出现,都能迅速潜入水下,就连吃饭都要在河湾的浅滩上进行,以便逃跑。一旦有任何风吹草动,它们就会"嗖"的一下蹿入水中,直到游开好远,才敢露头观察一下敌情。如果它在水面上看到较为可怕的天敌(比如没有化妆的我),心想:"太碜了,走你!"于是会用大尾巴拍击水面,一路水遁到家门口,再不出来。它们就是乌伦古河的精灵,黑夜和水是它们的保护伞。

蒙新河狸喜欢游泳,并进化出了适合这种运动的身体构造,例如它们的眼睛、鼻子、耳朵都长着膜或者小盖子,能够阻止水进入;另外,它们的后爪间有蹼,蹬水效率特别高。蒙新河狸的前爪没有蹼,便于抓握枝干。它们的一个指甲很长,是为了挠肚皮。它们昼伏夜出,每天早上回家睡觉之前,都会在河岸边歇一下。这时,它们把尾巴从后面甩过来,一屁股坐上去,坐稳之后,就开始揉肚子,并带着一脸淡然的表情。蒙新河狸揉肚子有三个原因:第一,为了清除身上的寄生虫。第二,大吃特吃了一宿,得揉揉肚子促进消化,排宿便。第三,也是最为重要的,它们有一对分泌油脂的腺体(肛腺),通过揉摸把油涂满全身,这样它们才能在从水中进家的过程中(河狸巢穴入口贴近水底),少带一些水回去。

蒙新河狸会在河岸的沙土中筑巢,利用河水、河岸和隐蔽在水下的洞口,为自己建造防御的堡垒。这座大别墅,是它们躲避天敌的绝招。大别墅功能齐全,有卧室、婴儿房、厨房……对了,没厕所,因为它们内急时,把屁股往洞口外的河水中一塞,就解决了……

如果洪水袭来,河面水位上涨,巢穴中的水位超过甬道并向洞穴内部空间漫延,让蒙新河狸没办法居住,那该怎么办呢?它们会想:"不就是水嘛,没什么大不了的,想想办法,淡然应对呗!"它们会一路向上,在自家"天花板"上打个洞,另行修筑一个阁楼——地面巢穴。入口还是之前的家门，只不过是带水的甬道长了些，一直通到天花板上。这个洪水期的"阁楼"，是用树枝、树叶、杂草、泥巴、石头一起修筑而成的，很结实，而且蒙新河狸每年都会进行维护，以备不时之需。

如果河水盖不住洞口，天敌就会趁机进入，那该怎么办？为了避免这种状况发生，蒙新河狸会施展出最广为人知的一个本事：修筑水坝。河狸是世界上除人类外唯一能通过改变大环境来改善自己小生活环境的动物。修水坝可是个精细活，用较大的石块垫底，石头间的缝隙填充上泥巴和沙子，略粗的树枝起到钢筋的作用——这些"材料"组合在一起，成就了地基；主体建筑则是用口水混合沙子和泥土，再加上树枝的一层层"见缝插针"；在收尾阶段，蒙新河狸会把顶部做得漂漂亮亮，并覆盖上最好看的枝条。这个水坝就像一座建筑，很结实，而且超级实用，还颇具建筑美学的设计风格。

河狸坝提高水位的作用非常明显，经过我们实地测量，河狸坝左侧和右侧的水位能够相差3米，这是多么庞大的工程啊！而要造就这保命的大坝，并不容易：在修筑水坝的过程中，蒙新河狸用两个爪背托起一小撮泥沙，并顶在下巴上防止泥沙掉下来，一路游着，再潜到水下，顶着水流的阻力，一点点地修筑起水坝。它们并没有人类那些功能强大的机械设备，有的只是它们的小爪和坚持不懈的毅力，以及要保护家园的决心。

河狸保护区里建有很多铁丝网，以防止家养骆驼进入河谷啃食树木。蒙新河狸也会啃食和利用树木，但它们是有条理地利用。它们每次啃倒一棵大树，都会从大到小充分利用每一根枝干。比如，建造房子时，它们会把直径稍粗的枝干作为底座，半粗不细的则用来搭着力的部分，细小的就戳在缝隙里，平时也会优先吃掉细小的枝干。它们做事是非常有规划的，因为它们知道，如果把这一片树林都啃完了，那么明年整个家族就都没有东西吃了，会饿死的。而且，它们会将小树苗都保留下来，等着这些小树苗长成参天大树。这与家养骆驼在树林里胡啃乱吃是不一样的。

蒙新河狸还有自己固定的行进道路，叫作河狸道。它们来回上下河岸，都从固定的地方走，就算那里有枝枝杈杈，会将它们的毛发剐落，它们照样很淡定，从不轻易更改自己的路线。

蒙新河狸生活的地方冬季特别寒冷，会结冰，若此时出去觅食就会冻坏小爪爪。那只能等着被饿死吗？当然不是，蒙新河狸有自己独特的食物储存方式。它们会把封冻的河水做成一个大"冰箱"，"冰箱"的底儿就在它们的巢穴洞口上方。它们从采食场先咬下树枝，用嘴拖着，一路下潜到水中的巢穴附近，并将手腕粗细的树枝一根根垂直地插在河中——当作"冰箱"底儿。底儿做好了以后，就像搭施工用的脚手架一样，它们再往其他部分插树枝，粗细交织。蒙新河狸拖着树枝在河道中来回穿行，这个过程会持续2个月左右。最后，这些树枝会形成一个长长的食物堆，就像一个大"冰箱"一样——河水有多深，食物就堆得有多高；河面有多广，食物就堆得有多宽；而食物堆的长度，则取决于河狸家族有几个成员。到了冬天，虽然河流表面结冰了，但是底部的水是流动的，河狸就会从家门口拽上一根树枝回去吃。随着气温回升，冰层一点点向上融化，树枝也被河狸一层层吃掉了。

写到这里，我不禁有个大胆的判断：正是蒙新河狸"深挖洞，广积粮"的行为，为它们的生存提供了最有效的保障。也许，许多年后的某一天，人类遇到了一些无法抵抗的灾难，而在蒙新河狸看来，那根本不算什么，它们有自己的生存方法——进化多年，它们已经历练出一份淡然，这也是它们没有灭绝的原因之一。

河狸看似强大，答得好自然界给出的每一份考卷，但其实它们也面临着很多凭自己的智慧解决不了的问题，也有许多无奈。最可怕的莫过于两点：非自然的水位涨落和环境容纳量的限制。非自然？其实指的就是人类在河流上修筑的水坝。河狸能够预测自然水位的变化，因为这个变化是有过程的，可它们预测不了人的行为。例如水坝突然放水和蓄水，可能给许多河狸家族带来灭顶之灾。有时候它们忙活一秋，存下过冬口粮，可上游水坝一放水，食物全部被冲走，河狸第二天醒来看着空荡荡的河水，该做何感想？它们要怎么才能度过严酷的寒冬啊！再比如，河狸是能修坝提高水位，但前提是得有水啊！如果上游大面积蓄水，那么到了下游就有可能断流。每次进行河狸调查，我最不敢去的地方就是下游，因为怕看见干涸的河道、裸露的洞口，却不见河狸踪影。最可怕的是如果有一部分河道直接被修筑成水坝，连河岸都会变成水底，覆巢之下，安有完卵？环境容纳量也是这样，河狸需要特定的环境才能够生存，它们仅分布于乌伦古河流域，河狸保护区仅仅包括上游的一部分，很多河狸是生活在保护区之外的！就算没有人直接伤害它们，一些间接伤害也是很可怕的。举个简单的例子：冬季来临，家畜为了喝水，会去踩踏河岸，造成许多地方塌陷，也使河岸一点点向后退，而河狸需要砂土才能够筑窝，但很多河岸被踩踏得只剩下坚硬的岩石，河狸该怎么办？更有甚者，家畜就踩在河狸修筑的堤坝上喝水，一群群地来来去去，水坝慢慢就漏了，最后有可能变成大口子，再也起不到保证水位的作用，河狸又该怎么办呢？再比如，在保护区以外的一些地方，有人往河道中倾倒垃圾，致使水质变得极差。我多次见过河狸拿小鼻子推开河中浮着的泡沫塑料板，艰难前行，看到这一幕我比河狸还要难受！挣扎求生，不过如此！乌伦古河只有700多千米长，能够适合河狸养家糊口的地方也就那么多了。如果找不到合适的环境，那么每年新出生的河狸宝宝就只能面临被天敌吃掉、游泳寻找家园累死、误入其他河狸领地争斗致死这些残酷的后果。奈何环境真的有限，这条河能够养活162个河狸家族，已经是最大限度了。工作人员每年都会沿着河道巡查，发现这些年来河狸家族的数量一直没有增长，如果再对其进行破坏，也许数目会出现惊人的下降，到时候想挽回，真的就来不及了。

所以，河狸不仅要靠天吃饭，还要靠人活命，想要挣扎求生，不仅要靠自己的智慧,还要靠人类的仁慈。真希望有更多的人了解这个既呆萌、可爱、充满智慧,又需要保护的物种,也希望河狸能够在这片祖辈留下的河流中,努力繁衍下去吧!

## 普氏野马

2001年7月的一天,我爹拿着一个盒子递到我手里:"给,拿着。这个跟你之前的不一样,研究研究怎么使,一个月之后有大事要用哦。"

那时的我还不到7岁。我好奇地打开盒子,发现里面是块"铁疙瘩"——一台数码相机,也是我的第一台数码相机。之前我爹给我的可都是塑料做的柯达一次性相机,还装胶卷呢,平时我都舍不得按快门,这下不怕啦!这可把我高兴坏了,睡觉都不舍得撒手。我爹则耐心地教我,帮我挨个儿调好参数,不过那时我只会用绿框的自动挡!其实,我当时光沉浸在得到相机的喜悦中了,我爹说的话就没怎么往心里去。

将近一个月的时间,我都住在恰库尔图,跟着我爹和他的同事们在戈壁滩上来回跑,忙忙碌碌的。我拿相机拍白云,拍戈壁,拍小草,拍水源地,一刻不停,却也没有太在意我爹说的"大事"。

终于,等到所谓的"大事"了。一天,我爹带着我来到熟悉的野马围栏,先做了一些准备工作。不一会儿,许多辆车首尾相连,停在旁边。车上下来好多人,有穿西装打领带的,有扛着摄像机的,还有穿着红旗袍的小姐姐们,她们手里捧着鲜艳的彩带。

许多领导讲完话之后,围栏的大门被打开,27匹普氏野马——许多都是和我一起长大的家伙,飞奔着跑出围栏。只听快门声不断响起,这些精灵,终于能够奔向卡拉麦里了。这就是我爹口中的"大事"——普氏野马的野放试验。

普氏野马是地球上唯一幸存的马的野生亚种。这是普氏野马在卡拉麦里绝迹之后重新回到故乡,也是它们祖先的故乡。我抽空瞄了一眼我爹,他正站在那里咧着嘴笑,眼里泪花闪烁,当时的情景我毕生难忘……

也许你不曾听说过这个物种,因为普氏野马曾经在野外完全灭绝。这次是从国外引种回来,以适应它们祖先曾经生存过的环境。人们为普氏野马量体裁衣,建了一个家——卡拉麦里自然保护区。将近两万多平方公里的土地,都是为了普氏野马的野放而准备的。它们是卡拉麦里保护区的起因,是伞护种,因为它们和在这个区域里生活的其他野生有蹄类动物所需要的生存环境高度重叠,所以保护了野马,也就保护了其他物种的生存环境,也使更多的物种得以存活下来。有了普氏野马,就有了一切。

2001年,那27匹野马飞奔而出的时候,我满心欢喜,但年幼无知的我从没有想到野放之路其实是非常崎岖坎坷的,也并不清楚普氏野马给卡拉麦里带来的不仅仅是多了一个物种那么简单。

这些野放的家伙都是从国外运回来的,当年它们的祖先从这片土地上被带走,而后世界各地的野马也都逐渐绝迹了。现在,它们要重新在卡拉麦里扎根,结果难以预料，所有人难免惴惴不安。

2001年的冬天，我就没见过我爹，因为他在戈壁滩上找野马，天气太冷还刮大风，就没带上我。野马放出去时正值盛夏，水草丰茂，可到了冬天，这几十匹马却毫无征兆地丢了。这可急坏了我爹和他的同事们，他们在戈壁滩几千平方千米的范围内找了好几天，终于找到了这些家伙——它们居然和野驴在一起。我爹喜忧参半，庆幸的是这些"娃"居然会跟着野驴迁徙到避风之地，担忧的是这些"娃"在卡拉麦里的野外要怎么度过严峻的冬天。这些普氏野马是最后的希望，可不敢怠慢或出任何差错，于是只能想办法先把它们往回赶。但这些马儿放飞自我地野了半年，哪有那么听话！我爹他们先是吆喝着赶，看马不耐烦了，就拿着苜蓿草哄，引诱着它们走，看它们吃得开心了，就再吆喝着赶一会儿。就这么连哄带骗，连续三天四夜，走了好几十千米，所有的工作人员也都和这些野马一起住在风雪交加的戈壁滩上。终于，还剩几千米就要到达野马野放围栏了，我爹他们算计着第二天中午就能把马儿都赶回去，人也能洗个澡、吃口热饭了，晚上便放松了警惕。可第二天早上起来的时候，所有人都傻了——近在眼前的普氏野马，一匹都没了！

我爹回到家给我讲这段儿的时候，是这么说的："看到啥都没了，我那个脑子，'轰'的一下，整个人就傻了。那也没办法，得赶紧找啊，结果发现在不远处的山头上，站着一匹家马——一匹大公马。因为当时只给野马群配了一匹雄性普氏野马，在野外被风雪吹了那么多天，它已经很虚弱，打不过那匹大家马，于是整个马群都被圈走了。"顿了顿，他又说，"不过那大家马长得还真帅，飘逸的马鬃迎风摇摆，怪不得那些母马能被它拐走。"

家马拐带野马的事只能算是一个小插曲，可就是这小插曲就已经让工作人员们的心像过山车一样骤起骤落。野放的路还很长，在那些普氏野马漫长的适应过程中，充满着各种欢喜和悲伤，虽然我的文字不能记录全部，却真实地记录了其中的滋味。

普氏野马是母系氏族社会，以母马为王，其中有一匹身形健硕、飘逸如风的母马，叫作"皇后"，也是这群马的头马。我很喜欢皇后，感觉它的眼神和其他母马的不一样，刚烈、威风，还带着一丝温柔。皇后刚来到卡拉麦里的时候我就认识它，我总喜欢远远地跟着它，并拿望远镜观察它。无论马群数目如何变化，我都能一眼辨别出它的位置，它是我最喜欢的一匹马。

皇后怀孕了，我开心得不得了，每天都问我爹："皇后啥时候生啊？"最开始的时候，我爹还很有耐心，认真地回答："大概，还有9个月吧。"不过禁不住我天天问啊，他终于没耐心了，瞥我一眼，扭头就走了。我干脆带了个作业本（当年我可是不写作业，还猫桌子底下拿作业本撕条条玩，是被老师劝退无数次的那种学生），每天都去看皇后，然后在本子上歪七扭八地写："××月××日，变O了（当年不会写"圆"字），没生。"或是："××月××日，肚子又大了，没生。"就这样盼星星盼月亮，终于盼到了皇后生孩子的那一天。

野生动物都会找一个隐蔽的地方生

产后代,普氏野马也不例外。当我爹带着我远远地看到皇后和它的孩子的时候,那个小家伙已经能蹦跳了。我爹说:"卡拉麦里又多了一个可爱的'小姑娘'!野马在这片故土上越来越好了!"他又看着我,"来,我的小公主,你给这个'小公主'起个名字吧!"我从小和哈萨克牧民接触得多,喜欢他们的语言,我说:"那就叫她古丽吧,是花儿的意思,就让她做卡拉麦里最美的一朵花儿!"

古丽一天天地长大,在卡拉麦里无忧无虑地撒着欢儿。它对每一件新鲜事物都好奇,喜欢追着蝴蝶跑,还喜欢像小疯子似的跳到别的小马驹跟前,再"嗖"的一下跑开,等着小伙伴来追,很顽皮,也越来越好看了。

不过,也许一切都是天意,也许卡拉麦里的神也喜欢小古丽,也许那只是216国道上再普通不过的一场人和野生动物的冲撞……

有一段时间,在野放区的216国道上,总是有野马发生事故。我每天都提心吊胆,就怕我爹的电话响起,就怕有人告诉他:"又有马出事了。"

人生中,好多事情,不是你害怕它就不会发生的。

一天午后,我们正在保护站吃午饭,我还在和我爹商量着下午去看古丽。一直到现在,这个场景还在我脑子里回荡:我扒了一口饭,问我爹:"哎,爹,你说古丽今儿还会去水源地旁边追蝴蝶吗?它是花儿诶,不是应该蝴蝶追它吗?"我爹一句都没听懂,说:"把你嘴里的饭咽下去再说话!"我忙把饭嚼两下往下吞,可饭团刚过嗓子眼儿,电话响了。

我爹接起电话,眼神从他对面的墙上飘到了我的身上,定住了。只听他对着电话说:"好了,我知道了,我马上过去。"

我不知道发生了什么,但又好像知道发生了什么。虽然当时小,但在冥冥之中,我好像总能够和动物相通。我一时说不出话来,怕说中了,又怕猜错了,最后只问:"怎么了,是不是古丽?"我爹说:"不是不是,别的马。你别去了,我去看看。"我"哇"的一声就哭出来了,开始嚷:"不行!你带我去啊!万一是我的花儿怎么办!别不带我啊!"

我爹执意不带我,不过我并未善罢甘休。他出门上了哪个车,我就跑过去拉开车门坐上去,他换一辆,我也跟着换、跑着换。终于,他拗不过我,叹了口气说:"唉,走吧。"

几十千米的路上,我爹一直在联系兽医,准备急救的东西。我呆呆地望着窗外,看景色飞速后退,眼泪一直淌。我在想,花儿啊花儿,我的小古丽,你可千万别有事,就算出事的真是你,也一定要挺过去啊!你还没长大呢,你只见过小蝴蝶,还没见过大群的野驴呢。它们可好玩了,一头跑,一群就跟着跑;你还没见过雪呐,别的小野马在第一次见到雪的时候,都蹦跳着撒欢儿呢,你知道吗,卡拉麦里的雪,可甜了,可好吃了;你还没长成个俊俏的小姑娘呢,我还要给你介绍最帅的野马小王子呢,你们要生一堆又一堆的花儿呢,你会看着它们长大,慢慢老去,那才是你的终点啊!其他那些野马宝宝都喜欢和你玩,就是因为你最漂亮啊,你可千万不能有

正在饮水的普氏野马　　　　　初雯雯摄

事,不然你的小朋友们该怎么办?……我就这样胡思乱想着,脑子里一直放映着古丽从出生到现在的4个月里每一天的成长画面。

我们一路飞驰,到达现场。我看见皇后正站在路基下面,时不时地冲着公路上的一辆卡车发出无助的嘶鸣。它哀号着,焦躁不安,在原地转着圈圈。它想上路来看看古丽的情况,却因为有人,又不敢。它痛苦的样子,像极了生古丽时候的情形,只不过分娩时只有身体是痛苦的,心里却是成为母亲的那份愉悦和期待,而现在古丽躺在那里,皇后虽未经历肉身的疼痛,心中的绝望却把它压得快喘不过气来了,因为这是失去孩子的痛啊!

我飞奔到卡车跟前,是古丽。本来就身形娇小的它,在卡车这个怪兽跟前就更渺小了。我一下子坐在地上,拿腿蹭着挪到了它跟前。我从未离它那么近,小心翼翼地将它的头放到我的腿上。它不曾跟人亲近过,自然有些害怕,几次挣扎着要站起来。我也试着去扶它,可是怎么努力都没有用。我顺着它的脖子往下摸,到了背部,已然是没有任何反应了。那是我第一次抚摸它,那些胎毛都还没换,虽然不软,但毛茸茸的,还带点儿小卷。它的眼睛瞪得大大的,里面有恐惧,有痛苦,还有很多我当时看不懂的东西。

兽医来了,检查了一下,说:"浑身大多数骨头粉碎性骨折,口鼻处有血,内脏肯定有受伤,先抱回去,放救护中心,看能不能救活吧——估计悬。"他又补充了一句,"找块布,托着点儿。"

我从地上爬起来,拿脏兮兮的手背抹了把泪,又在衣服上擦了擦手,跑回车里拿出了我的小毯子——我从小到大在车上盖着的小毯子。我飞奔回古丽身旁，铺在地上对大人们喊："用这个！用这个！"在挪动古丽的时候，我看到皇后的眼神一刻都没有离开女儿。我在心里默默地说："皇后，你放心，我们一定能够救活古丽，一定能把它好好地还给你！"

我以为能把古丽活着还给皇后，哪怕是残疾了的古丽。

但，我以为的我以为，并不是我以为的样子。第四天的清晨，古丽没熬住，还是走了。皇后伤心了很久，只身在古丽出事的附近游荡了很久，我也伤心了很久。

国道216横穿了卡拉麦里。这条路被誉为"观兽天堂"，开着车从这里走一趟，就能看到野马、野驴、黄羊。也是为了能够让人类看到野马，当时的野放区域就选在了这里。虽然国道两旁立起了牌子，上面写着"保护动物""野马野放区"等，可依然有野生动物在过路的时候被车撞，血肉模糊，面目全非，而这其中就有我那可爱的小古丽。我爹做了决定，不再理会"观兽天堂"这四个字，并把所有的普氏野马集体搬去了更安全的地方。它们每一天都被监测着，远离危险的人类，也远离那些危险的车辆。

2017年5月的一个清晨，风和日丽，阳光明媚。我和北京林业大学的师兄张科，以及护林员夏利哈尔三个人，开着皮卡车进入茫茫戈壁。就在三个坑水源地往西几千米远的地方，有一群野马，大概八九匹的样子。我们在离它们大概1千米的地方停了车，拿出望远镜进行观察。突然，张科师兄拽了我一下，并递给我望远镜："你看，有一匹马坐在那里了！"我一看，这匹马果然像是半蹲着，但是姿势很奇怪，就忍不住多看了两眼。我突然眼前一亮，它屁股后面多了个东西！夏利哈尔告诉我说："你们运气可真好，看到野马生宝宝啦！"过了三四分钟，整个马群突然兴奋起来了！好多马都开始摇头晃脑，疯狂地甩着鬃毛。然后，一匹年轻的母马兴高采烈地去给公马报喜，还围着公马小跑。这个时候，刚做了妈妈的母马还在鼓励宝宝站起来，公马过去闻了一下，确认是自己的血脉后，就没有咬它——野马是会杀婴的哦。小马很快就站了起来，妈妈带着它走到队伍的最前面。马群慢慢地走远了，我们来到母马刚才生产的地方，地上居然没有一丝血迹，也没有脐带！而我们这一整天的心情都是彩色的！那匹刚能站起来的小马好萌，它甩着小尾巴的时候，看起来傻傻的，尤其是当它站在白色的驼绒藜花儿旁边时，一种自然的和谐深深地触动了我，以至于我连相机都忘了拿出来。直到看着它们消失在视野中，我才开始捶胸顿足，怪自己没有将这么美好的场景记录下来。

但就像人类社会的残酷一样，自然也是严苛的。2018年，我和野马一同见证了这份严苛带来的疼痛。

又是普氏野马陆续生宝宝的季节，我们接到电话，说有一匹野马难产了，护林员发现它的时候，小马已经快不行了，只有一个脑袋吊在外面，其他部分都还在子宫里，出不来。于是，护林员赶紧将这匹马赶回围栏，然后紧急召集兽医过去。我们当时并没有去现场，而是在100多千米外的恰库尔图站，通过监控大屏幕观察着现场的一举一动。最开始,这匹母马不配合兽医和工作人员,他们用了各种方法,才好不容易将它绑定,让它躺到地上。可是因为小马已经死去,而且在母马腹中待得太久,羊水和黏液都已经干了,很难将其取出。兽医想了各种办法,连拉带拽,都不奏效。我在屏幕的这一头干着急,只能给我认识的专家打电话,希望能远程会诊,集思广益。但是好几个钟头过去了,小马依旧没能取出来。看着母马挣扎的力气越来越小,我心里难受得跟针扎一般。结果兽医还说,由于去得匆忙,他没有带生理盐水和葡萄糖水,没法进行注射。我当时就毛了,说:"没有是吗?那我买!买了给他送过去!"于是,我跑到恰库尔图的药店,结果全都告诉我缺货!我又冲到镇医院,结果医生刚好下班了!我又想办法联系到镇医院院长,告诉他情况紧急,然后才搬空了急诊室拿到药,还多付了100多元钱。护士追出来要还给我钱,我边跑边喊:"不要了,不要了!就当捐给医院积德了!这样,没准儿老天爷会让那匹马活下来!"然后,我拽着我爹,开始往野放中心跑。路上,我爹担心时间太久了,即便送药过去也是白忙活一趟。我摇了摇头:"我知道送过去希望也很渺茫,但是如果不送过去就彻底没戏了,它还等着我呢!"在这个过程中,野放中心打来电话说死胎取出来了!当时,我们整车人都松了一口气。到了现场,我看着母马一动不动地躺在那里,心里很难受。当时刮着六七级的大风,漫天黄沙,我跪着帮兽医准备好输液的东西,然后就举着吊瓶,连眼睛都不敢眨,因为马的血管粗,液体下去得很快,不能大意。

没多久,我就感觉自己的眼睛都被沙子糊满了,可还是一直坚持着,希望我们的坚持能有效果。

输完液后,这匹马还是很虚弱,连站都站不起来,我祈祷老天爷可以让它快快好起来。不过,第二天早上,它还是走了。现在回过头来看,我仍然深深地心疼和懊悔,为什么就没能救过来?怎么就没挺过那一晚?我也不禁感叹,这些野马回家的路,真是充满了坎坷和艰辛!

其实,普氏野马的珍贵在于它的基因的特殊性和不可复制性,而这些独特的基因必须在普氏野马当年曾经生活过的这片原始土地上繁衍,才能体现出它的真正价值。这就像生活在动物园的动物,它们的很多天性和本能都会慢慢退化,但如果是生活在野外,就会激发出它们的更多潜能,进行自然的竞争、淘汰,这样才能使优秀的基因传承下去。所以,我们才进行了野马的野放试验,建立了卡拉麦里自然保护区。

普氏野马是卡拉麦里的核心,因为它们的回归,使更多的野生动物得到了庇护。回归本来就是奇迹,也是一条漫长的路,更源自存在于野马血脉中的和卡拉麦里剪不断的不解之缘、深入骨髓的羁绊,以及根植于灵魂的执念。

普氏野马就像一把伞,为卡拉麦里的其他物种撑起了一片家园。

## 狼

我曾经在某保护区的管护站住过一段时间。当时,管护站的护林员养了两条大黑狗，它们和它们的主人一样好客。另外，护林员还养了一匹狼，这是一匹有着传奇色彩的狼。

这匹狼本来是野生的，不过就在它一个多月大时，狼妈出了意外，它便成了孤儿。当护林员发现它时，它已经肚子瘪瘪的，身子打晃了。人高马大的护林员见它可怜，就把它带回了管护站。

可是，几个大老爷们儿虽然养狗，但压根儿没养过狼啊！这可怎么办呢？不过他们也真行，找来一条链子，搭了个窝，把这匹小狼当成狗来养。就这样，这匹小狼在管护站里安了家。

几年过去了，当初的小狼长成了一只大母狼。不过，它还挺有本事的，不知道从哪个荒郊野岭勾搭了一只哈萨克獒犬回来。这只哈萨克獒犬个头大、身材威猛，披头散发的还颇有几分艺术家气质。估计二位一见钟情了，还生出了一窝"混血儿"。这下可把护林员惹急了，他们直接把这匹狼打入"冷宫"——把它关进了被围起来的救助区里。

可是这匹狼就算被关起来了，依旧不改娇媚的姿态——也可能是和人在一起待久了的缘故。我住在管护站的时候，总会拿着吃剩的肉和骨头去喂它。喂了一两次后，我一走到铁笼子前，它就开始跟我撒娇——在笼子里蹭来蹭去，睁着一双无辜的大眼，眼神温柔，含情脉脉，还噘起小嘴，发出哼哼唧唧的声音，活似一个温柔可爱的小姑娘！不过，温柔也只存在这片刻间，但凡骨头一飞过铁丝网，它的狼劲儿就瞬间表露无遗——它像悍妇一般，低吼着叼起食物，迅速跑开。真是一匹心机狼！

与这匹狼相处两周有余，看着它虽然失去了自由，但毕竟灵肉均在，让我不由得想起了卡拉麦里的那匹大狼。

当年，我爹曾带领团队花费几年的时间研究狼，从食性到生存环境选择，乃至生活习性，都进行了考察研究。在做家域研究时，我们试图抓捕一匹野狼，以便为其佩戴卫星定位项圈。可是，抓捕狼的过程很艰难，因为卡拉麦里的狼实在太少了，而且它们见到人就跑。不过，功夫不负有心人，我们最终在戈壁滩上见到了一匹健壮、美丽的母狼。

我们先对它进行麻醉，然后为其佩戴上定位项圈。在等待麻醉药失效的过程中，所有人都强忍住内心的激动，保持着沉默。当看着它晃晃悠悠地站起来，从步履不稳到迈开四爪飞奔，消失在天际线时，我们蹦跳着欢呼起来。

那几天，这匹狼简直成了我们的话题中心。我们愉快地讨论着：这匹狼可真结实，今年肯定能生出一窝漂亮的小狼崽，为这里的生物多样性做贡献……我们通过卫星定位进行跟踪，并监测记录它的生活轨迹。根据卫星每天传回的几个点位，我们发现这匹狼的活动距离时近时远，最多时居然能在一天内移动几十公里！于是，我给它起了个名字：大狼。

那段时间，我问我爹最多的问题就是：咱们啥时候去找大狼？我爹偶尔会满足我的愿望，开车带上我，一路寻找它的踪迹。他在旷野里举着接收器辨别方位，然后缓慢靠近大狼的活动地点。其实，只要能监测到清晰的无线电信号，我就心满意足了。我脑子里经常浮现出各种画面：大狼找到了对象，大狼进了洞房，大狼产下了一堆小狼崽，大狼教会了宝宝捕猎，大狼看着宝宝离开它去寻找新的生活……这些画面的主角都是大狼，我也期待着这些场景能从想象变成现实，哪怕只能从望远镜里看到，我也是满足的。

一天，我和我爹正待在管护站里。忽然，我爹的手机响了，里面传来护林员焦急的声音："不好了！狼的位点不动了——连续两天都在一个地方！"我爹一下子傻了，两眼发直，举着手机呆呆地说："完了，完了，肯定出事了。"

我们火速往卫星定位的地点奔去。在一条废弃河道的相对平缓的河岸上，大狼正一动不动地躺在白茫茫的雪地中。我们飞奔上去，眼前的一幕让我毕生难忘：大狼静静地侧躺着，好像睡着了一样，不过，从那已经僵硬的身体，我知道它的确睡着了，而且不会再醒来了！它的眼睛圆睁着，但已经没有了光芒；四个爪子上的趾甲里布满了血痂。周围的雪大概有10厘米厚，但它身下却没有雪，有的只是血。

我爹经验丰富，因为他在野外见过这种死状的狼，初步判定它是吃了牧民藏在家羊尸体里的憋气丸。憋气丸是一种毒药，是中国的狗贩子发明的，他们把这种东西夹在肉里给狗吃，让狗发不出任何声音，闭气而死……在有狼的地方，牧民就用这种方式来毒害狼，有时候连狐狸、雪豹也会被殃及。

为了进一步进行确认，我们将大狼的尸体抱上了皮卡，以便拉回去做解剖。我从小跟着我爹，见到过很多动物尸体和解剖的场景，偶尔也会参与。回到保护站，我们穿上白大褂，戴好橡胶手套，先从大狼的腿部划开一道口子，再一直延伸到腹部，然后扩展到其他部位。我的眼泪本来是可以忍住的，但在看到它的骨骼颜色的时候，我终于受不了了——因为它的骨头是青灰色的，这真的是中毒后才有的状况啊！我一边抽泣，一边进行解剖，还不时用沾满血的双手抹一把眼泪——我心疼啊，太疼了！我面前的大狼，已经不是那个在旷野里驰骋的鲜活的它了，而是变成了一堆毫无生气的青灰色的骨头，以及黯然失色的皮与肉。

在很多地方，人们相信狼牙、狼髌石（膝盖骨）、狼皮是能辟邪的。但其实那些都只是肉体的一小部分，狼真正的灵魂从它死的那一刻起就已经不复存在了，如何能让这二两骨皮来护佑你？我爹曾在野外见过一些狼的尸体，大部分都没有犬齿和髌石。这大狼也就是我们发现得及时，才能将它的尸体完整地运回来，否则它也难逃被敲割、拿去卖钱的命运。

在对狼的食性进行研究的过程中，我们捡回许多不同区域、不同个体的狼的粪便。之后，我们以科学的方法进行分析、研究，比如先将粪便放进溶液浸泡，然后烘干、分解，分离出不同的残留物，之后进行称重，并以一些复杂的公式来反推，最后可以得出狼的食物组成情况。这些研究让我们搞明白了生活在卡拉麦里的狼的食性，而眼前的结果也不禁让我笑出了声。

卡拉麦里的狼的食物组成比例，由高到低是这样的：野生鼠类（包括仓鼠、沙鼠、跳鼠）比例最高，占35.38%；紧随其后的是植物,高达30.2%;排第三的,居然是昆虫,有13.5%;而后是野生有蹄类,包括普氏野马、蒙古野驴、盘羊、鹅喉羚,加起来占8.2%;再就是爬行类动物,如蜥蜴、沙蜥、麻蜥等,占6.2%;后面才是家畜,包括骆驼、山羊、绵羊、家马,都加起来也只占3.6%;剩下的还有鸟类(2%)、兔子(0.4%)、沙狐(0.26%),以及垃圾(0.26%)。

这组通过缜密的科学研究流程得来的数据,证实了狼在野外生存的艰辛。它们的主要食物其实是鼠类、植物和昆虫,它们并没有天天徘徊在羊群周围,觊觎这些百倍重于鼠类、轻松就能猎捕的可口猎物。但是因为它们不会说话,不能告诉人类更多——它们宁肯累一点儿,多抓一些老鼠,也不愿意去吃羊!而且很多时候,它们吃的都是死羊,它们是不愿意也不敢和人类直接对抗的!

从古至今,人们对狼的认识都是有所偏颇的。无论是典籍里的《东郭先生和狼》、蒲松龄笔下的《狼》,还是我们小时候听过的《狼和小羊》《小红帽》,故事里的狼都是狡诈与凶残的代表。因为没有人去讲出狼的真实的一面,所以我们才会对狼存在很深的误解。

我很无奈,问我妈:"为什么人类对狼会有这么深的误解呢?"我妈说:"因为狼吃耗子、吃草没人关注,没人理会,但只要碰了牧民的家羊,那就完蛋了,狼就会在人类心中变得十恶不赦。"

现在,在保护区工作人员的宣传与普及下,牧民都了解了国家政策,不会再去伤害狼了。他们也在努力为野生有蹄类动物让出草场,让狼有更多的食物,也算是在努力地与狼和谐共处吧。

狼对于人类的恐惧其实是深植于心的。我曾在野外见过狼窝,根本没敢惊扰,远远藏在石头后面。小狼发现了我,跟小狗似的坐在山坡顶上歪着脑袋看。但第二天我再去,想再看看狼宝宝的时候,却发现整个狼家族都已经搬走,狼去窝空。因为它们闻到了人类的气味,也就闻到了危险,于是只能不顾辛劳举家搬迁到更远的地方。这种情况,保护区的工作人员见到过许多次,他们每次跟我说我都不信,自己见证之后,才明白狼有多么惧怕人类,它们的胆怯让我心疼。我们这么对它们,真的是正确的吗?

其实,狼才是真正的草原守护者。

也许,我们是时候正视这个物种了。也许你会发现,狼其实并没有想象中的那么可怕。

## 猞猁

在阿尔金山,我为了拍摄藏羚羊,曾折损一架无人机。不过,老天爷是公平和厚道的,他老人家已经算好了我得搭钱修机器,就另外送了我一件大礼。

一天,我们正在阿尔金山一路颠簸,突然看到山边有一群藏羚羊。猛然间,我发现了老天爷送给我的礼物——猞猁。在确认了猞猁最明显的特征后,我激动得心都要炸开了,可声音还得瞬间低下来几十分贝——回想起来自己都觉得那低沉的声音有几分性感:"看!在草里边儿、石头旁,有只猞猁!"

猞猁这种动物,在中国有分布,可是

## 自然笔记

飞奔的猞猁　　　　　　初雯雯摄

很难见到很棒的照片，要么是拍得不清楚，要么就是红外相机拍摄的。因为这东西十分机敏，见到任何不熟悉的东西，撒开四条腿瞬间就跑没影儿了。但是这只就不一样，它见到我们并没有立刻逃走，我们猜测它可能刚猎杀了一只藏羚羊。

猞猁是国家二级保护动物，它的外形像猫，但比猫大许多，最重能到40千克，凶悍到能捕猎马鹿。它的体长加上尾巴能达一米，不过尾巴非常短，像根黑色的小棍子。它的身上有细小的黑色斑纹，看起来就像一只小号的豹子，跑起来就更像了。它的爪子特别大，毛茸茸的，爪心长着肉乎乎的爪垫，在睡觉时会被当成枕头，就跟猫咪休息时枕着爪子一样。我还给它起了个绰号叫"戈壁滩上的 Wi-Fi 发射器"，因为它的耳朵上有两撮毛，一边一撮——我叫它"呆毛"，学术上称为毛簇。

这两撮毛并不是为了好看或者耍酷的,据说,它们可以和耳朵结合起来——就像小雷达和天线的作用一样,哪边有动静,雷达一样的耳朵就能够带着"天线"转到哪个方向,以收集各个方向的动静,并判断出声音是从哪个方向传来的。

阿尔金山的这只猞猁,估计离着好远就听到了我们的声音,于是它就地卧倒,把身子尽量压低,不过仍然没有逃过我的火眼金睛。当时,我在车上突然看见左前方有一坨东西,眯眼细瞅,发现那是藏羚羊的尸体。根据我的经验,在戈壁滩上如果有尸体——那是食物的象征,旁边肯定会有食肉动物,也就是荒野上的"清洁工",或许是狼、狐狸、秃鹫,再不济也是个乌鸦啥的。它们嗅觉灵敏,一旦发现有可吃的东西,会很快追踪过来,将食物"打扫"得干干净净。见这只藏羚羊尸体还较为完整,我随即大喊:"停停停!那儿有个死东西!旁边肯定有动物!"

听到我们的声音,那只猞猁企图藏起来,把身子使劲缩,脑袋使劲往地下拱。谁承想,我还是看见了杂草和石头中露出的那两撮迎风摇摆的毛——阿尔金山植被稀疏,猞猁最明显的特征还是出卖了它。刹车时,轮胎摩擦地面发出了声音,我很明显地看到它的身子一抖,它的心里肯定在想:"我都藏这么好了,咋还是被发现了呢?"

那只藏羚羊的肉还算新鲜,估计是猞猁早上捕猎的收获,所以它在听到我们的动静之后没有秒速消失的原因就找到啦——它不舍得走,想再吃两口。我们一车人都没在这么近的距离见过猞猁,觉得很新鲜,于是开着车在它周围兜圈子观察,但并不会靠太近,因为野生动物摄影师是有底线的,第一要务是保证被拍摄对象的安全,我们并不想对它造成过多打扰。

不一会儿,猞猁习惯了我们的存在,把头露出来,好像还翻起了白眼——郁闷的表情显露无遗。接着,它缓缓闭上眼睛,将柔软的下巴枕在毛茸茸的大爪子上,嘴巴被挤出了一个弧度,莫名好看。我们挑选了几个合适的角度,顺光、逆光、侧逆光地拍了一阵儿,还录了一些猞猁耳毛迎风摇摆的视频。然后,我们恋恋不舍地看了它几眼,就离开了,留下它自己继续享受美食。

后来的几天里,我们又在这附近见到一只猞猁——不知道是不是我们见过的那只。这次它飞奔着离开,不给我们任何与它对视的机会。我也终于得见猞猁奔跑的样子——像豹子,极为流畅。它的四只爪子先并在一起,然后再舒展开,其中的两只前爪扒住地面,两条后腿发力,腾空的瞬间,四只爪子收缩至碗口大小,太美了!

其实猞猁能够捕猎大型猎物的核心竞争力并不是耳朵,而是可以用三个词来表示:适应、潜行、突击。猞猁能够适应任何环境,无论是高原、森林、草原、湿地,还是荒漠,都能看到它们的踪影,而只要有足够的食物,它们就可以繁衍生息。

它们潜行的本事更厉害。它们在向猎物靠近时会伏下身子,肚皮紧贴地面,双眼直视猎物观察其反应,一旦发现猎物有所察觉,便迅速蹲下,等到猎物以为听到的动静是错觉而放松警惕时，它们再继续靠近，直至到达适合偷袭的距离。

突击则是捕猎是否成功的关键。在到达合适距离时，猞猁会寻找下风口，躲在隐蔽处，趴下，聚精会神并耐心地等待猎物靠近，并不会贸然出击。它们出击时，布满肌肉的健壮后腿如弹簧般弹出——最高时能够离地2米，可以一下子跳到猎物背上；此时，前爪锋利的趾甲也会全部露出来，嵌进猎物皮肤中，弯钩状的趾甲还能避免它们被猎物甩掉；然后，它们就伸出锋利的牙齿冲着猎物的颈部大动脉咬去，猎物往往猝不及防，一击倒地。

这套捕猎流程我从未亲眼见过，但在纪录片里倒是看见过不少次。每次看的时候，我都扼腕叹息：我什么时候才能拍到如此场景？是不够幸运还是花费时间不足？也许如果我专注于猞猁这一个物种，想方设法取得它的信任，在它认为安全的距离范围内远远跟着，日夜随它奔袭，没准儿也会看到吧。

其实我们人类与猞猁也有几分相似。首先，要适应不同的环境，有相应的处世原则，这样才能存活。其次，要想活得好，就要学会潜行，低调做人，隐藏实力，去学习、吸纳别人的优点，学会借势，并依靠环境来为自己打掩护，积蓄足够的力量；而如果要有所成就，就要学会突袭，挑选最合适的时间、地点，保持心静，见到猎物（比如名、利）时要学会忍耐和等待，还要学会分辨什么机会是最恰当的，而后再迅速出击，将事情做到最好。

先存活下来，再厚积薄发，这是自然给每个物种上的一堂课。

## 雪 豹

野生雪豹这种可爱的大型猫科动物，是极其难得一见的。我曾经在红外相机拍摄的照片中见过它们的身影，有幸直面相对，目前也就只有一回。

一天，我偶然在微信朋友圈里看到了一只蜷缩在笼子里的雪豹。我把照片放大，它的眼睛一下子抓住了我的心——渐变色的眼眸，外周是一圈黄色，其余部分是渐变灰色，瞳孔则是和猫咪一样的黑色。它的下巴和我曾养过的小猫咪一样，圆滚滚，肉嘟嘟，看着就想捏一把。我赶紧打电话给那位朋友，他说这只雪豹在牧民家附近奄奄一息，已经被救助好几天了，明天就要放生。它现在就在青河县，离我300千米。我想再多问一些具体情况，朋友说："来了再跟你细说，电话里不方便。"好吧，还神秘兮兮的。

第二天一大早，我就拽上搭档驱车前往青河。我们还没到救助站门口，朋友的车已在路边等着了。我坐到他车上，问："怎么了，搞这么复杂？"他说："雪豹八成是吃了牧民的憋气丸才中毒晕倒的。"憋气丸是牧民拿来毒杀狼和狐狸的，羊是它们的食物，也是牧民的命根子，牧民为了保护羊，经常会在羊肉里夹上憋气丸，毒杀猎食动物。当时我就有点儿崩溃——这种情况是存在，但我以为现在人们对生态文明非常重视，不会再有人做这样的事了，而且青河是养育河狸宝宝的地方，这里的牧民不是应该淳朴到会善待每一只野生动物吗？

朋友是一名林业工作者，在野外跑了十多年，我对他做出的判断绝对相信，但又忍不住心里难受，继续追问："那，你们怎么知道这雪豹是吃了毒羊肉呢？"朋友解释道："我们把它救回来之后，给任何食物它都不吃，就只喝水。盛两三升水的盆子，它喝了3盆！而且喝完就休息，不一会儿就拉稀，暗红色的粪便都不成形——你见过雪豹粪便的嘛，条状、黑色。它在排便的时候很痛苦，折腾得满墙满地都是，拉完没多久就恢复体力了。喝水是解毒，拉稀是在排毒，你说它难道不是中毒了吗？"

我猛然想起当年研究狼的时候，大狼也是被憋气丸毒死的，我们通过卫星定位的信号才找到尸体。我很难受，坐着一声不吭。朋友看我郁闷，说："我给你讲个好玩的！这雪豹醒过来之后，'越狱了'！"我瞬间精神了，问："啥？还'越狱'了？"朋友说："这还不是重点，最牛的是，它是在半夜'越狱'的，没有人听见。派出所里的警犬去追它，结果它把狗给揍了一顿——两条狗都没打过它，还被挠了满脸的血道子。狗不断哀号着，人们才醒过来，又想方设法把它关进笼子里。这缓过来的雪豹，太强悍了！"

这时，拉着雪豹笼子的皮卡从院子里开出来，我们的车也紧跟其后，到达雪豹放生点。

工作人员把笼子抬下车，放在山中空地上，我赶紧趁机凑过去细细观察。笼子空间狭小，雪豹背靠着笼子，蜷成团，缩在笼子右侧。因为缺乏安全感，它不敢舒展，一直瑟缩着。那时是4月份，还未到换毛的季节，它的毛发很浓密，浑身以奶油色为底，上缀黑色小圈——背部和脑袋上的是实心的，身侧的则是空心的。它的尾巴比腿还粗，几乎和身子一样长，就横在身旁，毛茸茸的尾巴尖形成一道弯，永远向上翘着，还不时左右晃动。它的一对眼睛盯着我们这群"两腿兽"（动物对人的称呼），耳朵十分警觉地紧贴着脑袋，嘴里发出低沉的"呜呜"声。看起来，如果不是在笼子里，它一准儿会吃了我。其实，这是它害怕的表现，怕我伤害它。不过，它还要故作强悍，表现出不耐烦的样子，像是在说："看够没？！"

为了使雪豹尽快消除紧张情绪，恢复平静，工作人员张罗着让所有在场人员远离，先让雪豹熟悉熟悉环境。我一边起身，一边脑子里盘算着如何才能留下好的照片，让这只雪豹的故事有血有肉，然后讲给更多人听。

我的眼睛飞快扫过四周，心里默默分析着它出笼后会走向哪边。正前方是个垭口，下去就是公路——雪豹可没这么傻。后方是平原，已有两三个人趴在远处废弃的羊圈中，架上相机等待了——平原不远处有水源，他们认为雪豹会先去喝水。但其实这样的判断也不一定对，因为，第一，连日来它已喝足水；第二，出笼后雪豹的第一反应必然是躲藏，而且生活习性决定了它一定会上山。再看右侧——笼子的开口在这边，山很高，且离放生地点最近，已有数人带着相机绕过这座山，等着拍摄它翻过山后迎面而来的场景。

但在我眼里，这个方向并不靠谱，因为车就停在那里，还有人群，雪豹应该不敢去。于是，我将目光转至旁人眼里最不可能的一个方向——笼子左侧。这里山沟绵长，坡岭不算高，不像雪豹平日生活的陡峭山地，而且如果往这边走，需要在出笼后绕个圈，甚至还会踩上牧民堆放的牛粪和些许生活垃圾，所以没有人看好这边。但我觉得，雪豹为了迅速逃离人群，一定会往这边走。

迅速判断完周遭形势，我心中暗喜，但不敢声张，因为人多了雪豹必然不会来。我赶忙取来相机，在低矮的山坡上找到一丛长满尖刺的锦鸡儿，将"炮筒子"架在顶端，身子趴在地上，脸塞在带刺的枝条间——毁不毁容已经来不及考虑了，因为工作人员已经打开了笼门。

笼子里的雪豹毫无反应，并没有像我们设想的那样迅速夺路而逃。等了一会儿，工作人员见它毫无动静，便走过去将笼子立了起来。雪豹的身体终于接触到了地面，但依旧保持着缩成球的姿势。我大气都不敢喘，屏息凝神，做好了它站起来就跑的拍摄准备。通过长焦镜头，我看到它的鼻翼在轻轻抽动，像是在嗅闻空气中是否有危险的味道。

眼看半小时过去，我的眼睛都盯酸了，脑子里想的却是，我曾替猞猁嫉妒过雪豹，因为在生物学分类中，它们都是食肉目下的猫科，长得还都很好看，但在下一个分级中怎么就不平等了？凭啥身手矫健能杀死马鹿的猞猁只能是猫亚科，完全混不到雪豹这豹亚科的级别？正想着，我猛然发现，笼子里的雪豹起身了！它的上半身缓慢抬起，脑袋贴近地面，随后整个身子都起来了！它摆出了一副伏击的姿势，慢慢往前走——是的，一步都没有跑。

随即，我的快门声像机关枪一样响起——我果真猜对了！雪豹向着我面前的那条山谷走去！我和它刚好成90°角，我能看到它舒展的背部和完美的身躯！

我正激动得不能自己，忽然发现它慢慢掉转了方向——我镜头里出现的不再是它的侧面，而是它的正脸。这次我蒙了，这是要对着我来吗？我隐藏得很好啊！它面对着我，眼睛直直地盯着我，脚下不慌不忙地——走着。在相机的取景器里，它已经快要爆框了！我小声对自己说"淡定，淡定"，可脑子里还是总闪现出它扑过来怎么办的念头。于是，我做了最坏打算，如果雪豹真的要来吃我，那我也算为事业献身了，不过一定要在死之前把它搂在怀里好好摸几把。一旦想开后，我倒淡定了。我仔细一看，发现这雪豹的眼神怎么一点儿都不凶，反倒充满温柔！它停下了，盯着我一动不动——其实这个过程很迅速，也就几秒的时间——转瞬，它稍微侧身，回到原来的方向，改为小跑，而且越来越快，逐渐越过低矮的山丘，消失在远处。

"这只雪豹莫非和我一见钟情？那爱我的话就别走啊！"我又开始胡思乱想。我赶紧沿着刚才的山梁往上又走几步，这时它还没翻过最远那座山，于是我迅速举"炮"，留下了它的一个背影。

回到车上，我抚摸着相机上它的背影，黯然神伤："不吃我，还不让我摸。我亲爱的小朋友，这次救了你，下次你可别这么傻了。"更痛苦的思绪又涌上来，这附近生活着许多雪豹，我们救了这一只，那如果其他雪豹也遇到类似问题呢？它们又会何去何从？◆

## 流金岁月 LIU JIN SUI YUE

来自可可托海的思念　付　静

童年的味道：糍粑谣　花解语

# 来自可可托海的思念

◇ 付 静

**作者简介：**

付静，阿勒泰地区可可托海干部学院教师，1987年3月出生在可可托海镇，此后的30多年间几乎没有离开过，爱好搜集可可托海一切"老"的东西，被称为"矿三代"。

敬爱的安书记：

您好！

1987年，我出生在可可托海。后来才知道，在我出生之前，您就是可可托海矿区的第一任局长。从那时起，您就已经与可可托海命运相系，承担起你们那一代人的秘密使命了。

今天的我是可可托海干部学院的一名教师，我的工作是以可可托海的历史为基础向来自全国各地的党员干部讲述可可托海精神。我已经无数次带领学员来到三号矿坑、阿依果孜矿洞，来到您当年走过的所有地方，给他们讲述可可托海的矿区风云和您的故事。此时此刻，我又一次站在三号矿坑旁，回头望着这片被群山环抱的大地，想象着您当年在这里所做的一切……

今年（2019）是您去世的第二十六个年头，这么长的时间并不能消减您在人们心中的记忆。91岁的李庆昌爷爷告诉我，他一想起您就很难过，因为您没能看见今天的好日子；83岁的麦迪·纳斯依爷爷家里有很多奖状和证书，他说一看到这些东西就会想起您，他是在您的培养下，成为"先进工作者"和"劳动模范"的；80岁的艾达尔汗·恰勒哈尔拜爷爷告诉我，您那时经常和矿工住在一起，吃在一起，是干部的好榜样；80岁的朱吉林爷爷告诉我，您一心想着职工，说职工最大，可是从来没有想过自己。那时候您在矿区组织大会战，就把办公室搬到了矿山上。当时正值三年经济困难时期，您想方设法给大家筹措粮食，还把自己的特供粮全部拿了出来。有一次您的战友给您送来了几袋面粉，您不顾自己家中的孩子把它们全部送到了托儿所。

74岁的肖柏杨爷爷告诉我，您在可可托海的8年是矿区发展最迅速的8年，也是最艰苦卓绝的8年。他说您是焦裕禄式的好干部，您的事迹流传快50年了，却从没听谁说您不好过，在您身上真正体现了什么叫"全心全意为人民服务"。带着了解您全部故事的好奇，2014年5月我和学院的3名教师走进了新疆有色集团家属院，敲开了57号楼2单元201室的房门，那是您生前的住所。当门打开的那一刻，眼前的场景让我吃了一惊：那不到70平方米的居所里甚至没有一件像样的家具，哪像一个厅级领导的家。您的大女儿、75岁的安爱英奶奶得知我们是从可可托海来的，激动得双眼闪着泪光。安奶奶小心翼翼地拿出您的几件遗物，一件"五颜六色"的背心是您的夫人在参观地毯厂时用捡回来的23块废料缝制的，一个旧皮箱是您1954年进疆时用的，还有您几乎每一件都打上了补丁的衣服、裤子。只有一件崭新的呢子大衣，那是您要去北京开会，要见毛主席，苏联专家给您买的，安奶奶说您一生中只穿过不到10次。

在您的遗物中有您离世5年前写的《回忆录》，看完《回忆录》我才知道，您是从山西革命老区来的，在抗日战争中，您以五台支队大队长的英姿战斗在敌人"心脏"，您还参加过著名的百团大战。解放战争时期，您作为晋察冀五台新区工作团团长挺进中原，转战商洛。中华人民共和国成立后您还担任过陕西安康地区石泉县的第一任县委书记。1954年响应全国支援工业战线的号召，您举家奔赴新疆，来到遥远的可可托海，成为可可托海矿区的第一代"掌门人"。从此，您的音容笑貌就在可可托海人的心中扎下了根，再也没有离开过。

1964年冬天，您又一次接到调令，要从可可托海矿区前往罗布泊，在马兰基地指挥所有基础设施建

记忆中的可可托海老木桥，已经物是人非　阿勒泰文联供图

设。任务紧急,您没有来得及和并肩奋战了8年的可可托海人告别。距离那一年的离别又过去了55个寒冬,可是长达半个多世纪的时间和55个冬天的大雪并没有将可可托海人对您的怀念掩埋,时间越是久远,可可托海人越是怀念您。

今年,我们学院拍摄了一部以您的个人事迹为主题的纪录片。审片的时候,在场观看的地区各级干部、可可托海矿区的老工人、学院的学员、大学生志愿者,他们都哭了。为什么直到今天您的故事还能让无数人落泪?我想是因为您那些在今天看来似乎不可思议的事迹深深感染了他们,让他们知道并相信:像您一样的老一辈共产党人"把一切献给党"的精神绝不是一句虚言,只为了建设一个富强中国的梦想,在你们心中胜过一切。

26年过去了,今天的可可托海有了翻天覆地的变化,曾经隐藏在神秘的军工事业背后的它,现在已成为爱国主义教育基地。虽然商品经济的大潮已经冲淡了很多历史的传统,虽然物质生活的丰富已经让很多人开始沉醉于享受之中,但是历史越久远,你们那一代人身上的那种忠诚、干净、担当的高贵品格,就像可可托海的稀有金属矿物一样依旧闪烁着耀眼的光芒。

今年是中华人民共和国成立70周年,多希望您能看到今天日益强大的祖国,看看崭新的可可托海。您知道吗,今天的可可托海人依然思念着您,因为对您的思念在时时告诫我们:不忘初心,把你们的精神继承下来,传承下去。

此致

敬礼!

一名"矿三代" ◆

三号矿坑是可可托海几代人魂牵梦萦的永久记忆　　阿勒泰文联供图

◇ 花解语

# 童年的味道：糍粑谣

**作者简介：**

花解语，本名陈巧萍，河南信阳人，自由撰稿人；喜文学诗词，喜旅游摄影，喜美食擅烹调，热爱花草大自然，崇尚诗意禅艺人生。《禅艺会》上设有个人专栏，另有多篇散文、诗歌散见国内其他期刊及公众号。

腊月八，打糍粑，欢声笑语满农家。

——题记

糍粑是一种传统美食，同时也是劳动人民智慧的结晶。全国各地几乎都能见到，只不过因地域不同，风味上会有些许差异。我最为熟悉的当属家乡的糍粑了，它的颜色洁白如雪，入口绵软柔滑。糍粑虽为加工食品，但它取材于纯天然的优质糯米，不仅营养丰富，而且吃法多种多样：可咸可甜、可荤可素，方便快捷，深受人们的喜爱。最常见的有油炸糍粑、煎糍粑、炭烤糍粑、面条煮糍粑、稀饭下糍粑、鸡蛋炒糍粑块、炸糍粑干……儿时，一到腊月，农家便处处洋溢着新年将至的热闹气氛。对乡亲们来说，岁尾将至，吉日渐多。不是东家娶媳妇，就是西家嫁闺女，又怎能不趁此大好日子，热热闹闹、红红火火地打上几阵（大蒸笼）糍粑呢？成型后的糍粑白如凝脂，上面贴着一个大红的"喜"字剪纸，红白相映，格外醒目。"喜糍粑"摆放在"礼菜挑子"（男方送给女方家的礼物，其中还包括筐子肉、挂面、红鸡蛋等）上，糍粑沉重，压得整个担子沉甸甸的，一走一晃。就算家里没啥喜事可办，大家忙碌辛苦了一年，也该好好地犒劳一下自己了。家家户户都会提前准备好糯米，耐心地等待着。我们将打糍粑的那帮人称为"糍粑班子"，打糍粑的大队人马会携带着一系列的专业用具，有阵和沉重的石臼，还有结实的木槌……他们走村串巷忙得不亦乐乎。糍粑的具体数量以"阵"为单位，一阵完整的糍粑，体积就相当于一床普通的棉被大小。一般情况下一户人家会打两阵或四阵糍粑。

只打2阵糍粑的人家是留着自家食用，若是保存得当、不酸不馊的话，可以吃到来年春夏相交时。打4阵糍粑的人家一般是为了送人情，在我们当地，手工糍粑也算比较出名的土特产。打糍粑的流程说难也难，说易也易：以优质糯米为原材料；尤其注意的是，不能掺入平时食用的大米，否则将严重地影响糍粑的糍性，到时会有一种夹生感，嚼起来硬邦邦的，似乎永远也煮不熟。糯米经过一昼夜的清水浸泡，沥干水分后入笼蒸熟；然后，再将晶莹剔透的糯米饭趁热倒入特制的巨大石臼中，等待它的将是千锤百炼。经过光滑的木槌反复地用力槌捣，糯米饭会变得身软如泥……因糯米的黏性非常大，总是紧紧黏裹着打糍粑的木槌，每一次的捶打都需要花费很大的力气才能拔得出来。所以，打糍粑绝对是个力气活，非身强力壮者没法胜任。四五人分为一组，使劲地捶打槌捣……原地转着圈，每几分钟就得相互交换一下手中的木槌，交错着以顺时针的方向用力搅拌，以便给糍粑"上劲"（增加筋道感）……慢工出细活，这样打出的糍粑密度紧实，口感细腻。当一团巨大黏稠的糯米被捶打搅拌成雪白晶莹的凝胶状时，一群馋嘴的小孩便围了上来，七嘴八舌地嚷嚷着："我要吃糍粑坨！"这时，好客热情的主人就会拿起一块洁白的湿布，将布搁在手上，飞速地在糍粑团上抓上一大把，顺手一捏，一个个浑圆的糍粑坨就揪好了。孩子们心满意足，捏着热乎乎、软绵绵的糍粑坨，欢呼雀跃，挤出院门一窝蜂地跑远了。剩下的最后一道工序就是将糍粑全部挑到木槌顶端，众人合力将其高高地举起，然后步伐一致，慢慢地向前挪动，口中喊着响亮的号子："一，二，三，放！"大家可千万别小看了这一大团打好了的黏糊糊的糍粑，有时，它们重达百斤。松散的糯米饭当时看起来稀松平常，倒也不觉得什么，而精粹浓缩为糍粑之后，它的体积随之变小，但重量倍增。就这样，巨大的一坨糍粑被摊放在事先准备好的结实木板上。为了防止粘连，木板上面撒了一层薄薄的干面粉。然后，由一位技术熟练的师傅利用手中的专用木棍将糍粑胚子碾压下去，再用手掌慢慢地按匀，让其厚薄一致。之后，再在平整的糍粑表面细致地抹上一层干面粉。接下来，又开始热火朝天地打第二阵、第三阵……等到次日，糍粑已经彻底冷却，趁着内部柔韧还不太坚硬时，可以用锋利的菜刀切成四四方方的糍粑块，然后一层一层地码起来。

不过，这些糍粑块绝不能堆放太久，否则会丧失水分，外表一层层地龟裂，严重影响其外观及口感。

那时，农村还没有冰箱，最佳也是最原始的储存糍粑的方式就是采用清水浸泡。每户人家都备有一口大水缸，然后在缸内装上满满一缸井水，细心地洗去糍粑表面上的那一层薄薄的面粉，再将它们慢慢浸入缸内,并盖严缸盖。

装糍粑的水缸一定得放置在家中阴凉避光处,防止太阳直射,以免升温发酵。缸内的糍粑在需要加工时随取随用,非常方便。

不过,平时一定要勤换水缸里的井水,具体情况可通过肉眼观察法,缸内的水还很清澈没有明显的酸味就不用换。如果缸内的水混浊得如同淘米水一般,那就必须立刻捞起所有的糍粑,换上新鲜的井水。否则,缸中糍粑会受到影响,吃起来味道大打折扣。

现在,难得见到人工打糍粑的情景了,所有烦琐的工序都交给了机器。虽方便快捷了许多,但机器制作出来的糍粑口感略显粗糙,味道自然比传统工艺做的逊色不少。

所以,儿时打糍粑的旧事才让我如此记忆犹新,那温暖的画面永远定格脑海,让我始终念念不忘。

接下来,我讲述家乡吃糍粑的一些稀奇古怪的吃法。希望我的笔,能邀上你灵敏的味蕾和丰富的想象,一起去探寻这古老又不失新奇的寻常美味。

儿时,物资极度匮乏,乡下既没有星罗棋布的商店,也没有琳琅满目的零食。除去粗茶淡饭一日三餐,何以解馋?

要么,去菜地里拔一个水灵灵的青萝卜,或从土里揪起一个新鲜红薯,洗掉上面粘裹的湿润泥巴,啃去粗梗外皮后,便一口一个"嘎嘣脆",吃得津津有味。

如果说萝卜和红薯是我们最绿色天然的"时令水果",那么,热气腾腾的烤糍粑便是那时最具代表性的零食了。时序进

打糍粑也需要同伴的默契合作　　　　　　　　　　　阿勒泰文联供图

入腊月后,外面的世界早已是天寒地冻,白雪纷飞了。闲来无事,一家老少便围坐在一起,在堂屋(家乡对客厅的称呼)的正中央生上一大盆暖暖的炭火。

传统的炭火盆,城里长大的孩子可能没有真正见过。它的盆沿稍宽,盆底很浅,看上去就像一个倒置着的斗笠帽子,被四平八稳地架在一个矮木头架子上。

火盆内除了一部分木炭外,还掺杂着一些柳树棍子和干劈柴一起燃烧。因为木炭价格太贵,平时不舍得多用。

而废弃的棍棍棒棒在农村随处可见,俯身可拾。清闲时大家都会捡拾一些回家,存放在屋檐之下,码成高高的柴火垛子,以备生火做饭加冬日烤火之需。

这些材料初燃时会有一些烟雾,稍嫌呛鼻熏眼。但彻底燃透之后就不会再散发阵阵浓烟了,而且火力特别持久。

烤糍粑并没有什么专业用具,也只能借助火钳当支架了。不像现在的烧烤炉子,上面铺着一层铁丝网或架起一个钢架,烤起任何食物都很方便。

烤糍粑时,将长长的火钳微微打开,呈现剪刀状,然后支放在火盆两端。再将几块晾干了水分的糍粑块放在火钳上,一字排开,上下不停地翻动……不出几分钟,糍粑便开始一点点地膨胀,慢慢凸了起来。

这个时候还不算大功告成,好戏还在后面——拿一根筷子,飞快地将糍粑凸起的地方杵开一个小孔,将事先准备好的适量红糖小心翼翼地灌塞进去……灌好红糖的糍粑一定得用手指将小孔填压平整,以防红糖渗漏。之后,再将其放回到火钳上耐心地吞烤(文火烤)片刻。

这时,你会发现,原本"泄了气"的糍粑,又如同吹满了气的气球,再一次变得鼓鼓囊囊的。而此时,糍粑里面的红糖已经全部融化,变成了蜜汁一样浓稠的糖稀。

俗话说:"心急吃不了热豆腐。"吃糍粑也是同样的,如果太过心急,滚烫的糖稀可以将人的舌尖和嘴唇烫麻。

拿起一块红糖糍粑,轻轻地咬上一口,细细地咀嚼、回味……真是外焦里嫩,软糯香甜,口感妙不可言。

行文至此,我腹内的馋虫似被勾起,心中也格外怀念昔日烤糍粑时的温暖画面:窗外,寒风怒吼;窗内,温暖如春。

堂屋内一盆炭火燃得正旺……跳跃不定的火苗、四下迸溅的火星、被经年烟火熏烤得通体漆黑的火钳。

红彤彤的炭火映红了墙壁,也映红了妈妈年轻时温柔清秀的笑脸……热情的火舌轻舔着火钳上雪白的糍粑,糍粑则发出"嗞嗞嗞"的声响,一股股诱人的焦香味在空气中飘散,弥漫……

就连蹲守在火盆旁那只畏寒怕冷的猫,也一改往日昏昏欲睡的状态,虎视眈眈地紧盯着……这样的冬天、这样的童年、这样的记忆,也许,你曾经和我一样经历过;也许,你心向往之。但不管怎样,停留在记忆深处的味道都是最美妙的。◆

非虚构
FEI XUGOU

我的父亲母亲　杨　奋

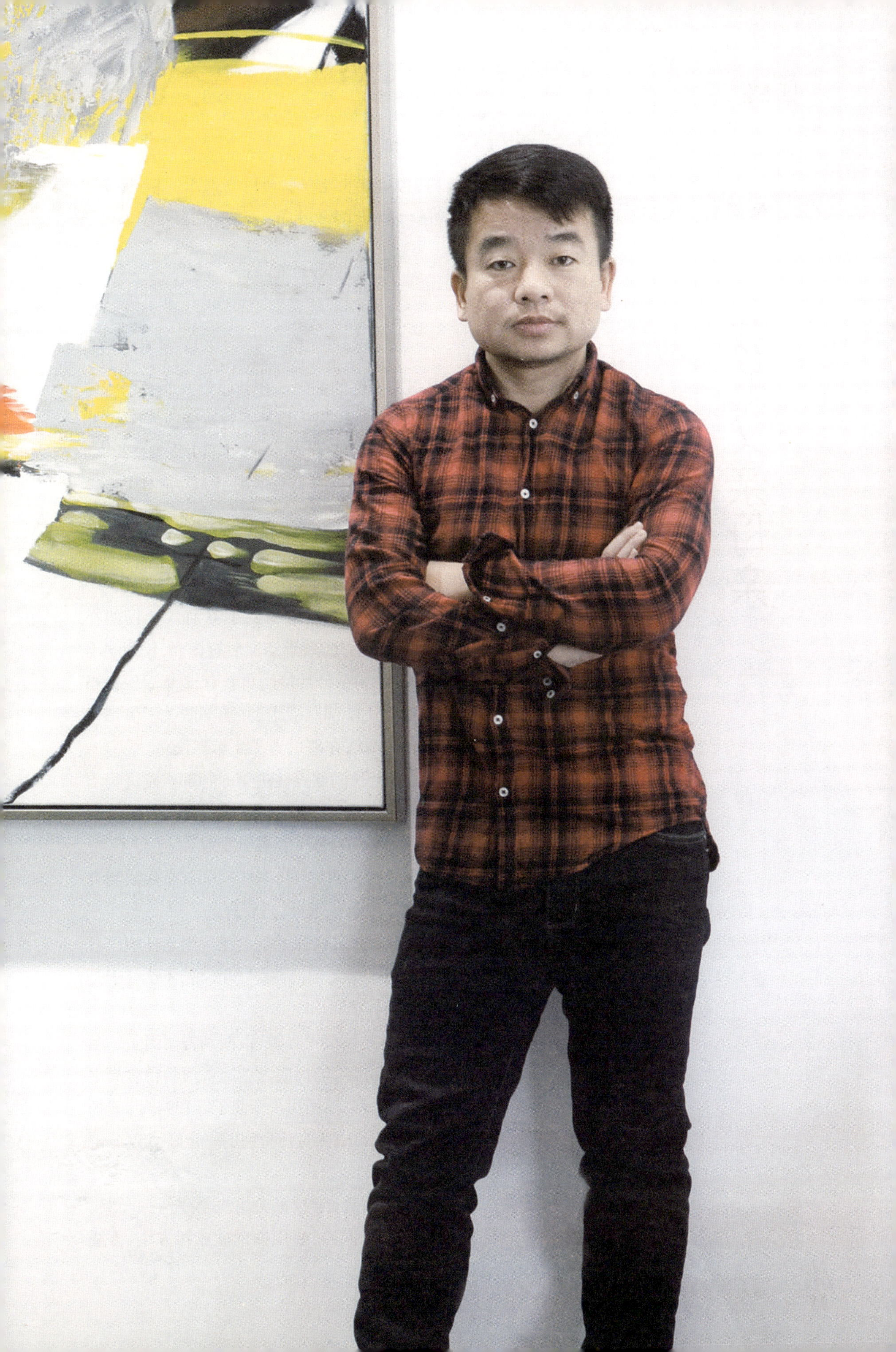

# 我的父亲母亲

杨奋

**作者简介：**

杨奋，作家，编剧。1984年出生于新疆阿勒泰青河县，热爱足球、台球与旅行，著有《一个勺子》等作品。

## 父 亲

此刻的南方下着绵绵不绝的细雨，在新疆最西北一个叫青河县的地方已经是冰天雪地。如果一切都不曾改变或者回到20年前，那么我们一家四口会在西伯利亚的冷空气下，烧着柴火，喝着奶茶。如果回忆起那段日子，我最怀念的那个人一定是老杨。

### 一

老杨叫杨长根。他的父亲叫杨锦山，毕业于中国人民大学，20世纪60年代响应国家号召支援边疆到了青河。老杨便在1970年坐上火车到青河找他的父亲，谁知遭后妈嫌弃，长期吃不饱饭。老杨便在4年后下乡卫东公社接受再教育，2年后便去当兵，成为中国人民解放军26137部队战士，并随部队去了伊犁州尼勒克县巴音布鲁克野外驻扎，在那里当了4年班长。

1979年，老杨因为身上长满红点住进第七师部医院进行治疗，这是一个漫长的过程：住院三个月没治疗好，去军区医院检查是银屑病；回到师部继续治疗，治疗了半年没效果；还得了"三怕"——怕冷，怕热，怕风。1980年3月，老杨从师部带病回到青河县，县政府把他分配到一牧场供销社，当管理员。

1981年，老杨通过媒人介绍认识了于兰花。当老杨坦白自己有皮肤病时，于兰花问自己的父亲：会死人吗？说，不会。于是两人结婚。

1989年，老杨去阿勒泰党校接受再教育，回到青河当了一名记者，供稿给各大报纸。1990年，老杨成为新疆青河县粮食局主任，同时把家搬到粮食局的平房：三间房一个院子。1994年，老杨被调到青河县宣传部任副部长，成为宣传青河的一把好手。

这些都是我后来才知道的。

我上初中时，每一次大雪天，学校都会组织学生清扫马路。积雪被牛马压成块，清雪如同搬砖，要用铁锹砍成四方块，再撬出来搬到路边,上午两节课的时间都不一定做完。南疆的学生要摘棉花,北疆的孩子要清雪,谁也逃不了。那时零下30多摄氏度,道路两边积雪比人高,雪也比砖硬,打个雪仗搞不好头破血流,好在全身棉服从头裹到脚也感觉不到疼。

而我毕竟是童工,打扫一会儿雪我就藏了起来。学校对面不远处就是政府大院,我就会在此刻躲进老杨的办公室里。

按照大家的说法,在兔子不拉屎的地方,一个馕滚到头的县城,谁是谁家的孩子一眼就认出来了。他也不好喊我走,毕竟谁也不会拒绝一个要烤火的可爱的小男孩。老杨就对我说:你坐在那个板凳上,那有报纸你可以读,顺便再帮我用老虎钳子夹几个煤块放到炉子里。

小镇人民订阅的所有报纸都是先到这个办公室,再从老杨的手里分发出去,老杨是这个县城最早知道全国大事的人。老杨读完报纸就在本子上摘抄记录。他的桌上放着厚厚一摞稿纸,有时候晚自习放学回家,还能透过窗户看到他借着头顶15瓦的小灯泡发出的光,一字一句地誊抄。泡一杯温热的黑砖茶,点一根报纸卷的莫合烟,在沙沙沙的轻响中,两种青烟,各自袅袅。

但我不是听话的孩子,我放到炉子里的是一个大雪球,发出"吱吱"的声音,一下子炭火就灭了。老杨的脾气大,提着一个扫帚追着佯装要打我,他边追边喊:你(是)个勺子么,你想把我冻死么。

后来再去办公室我都很老实,因为烤炉上多了几个玉米,烤得外焦里嫩,大老远我都能闻到清香。老杨知道我最爱吃玉米,就抓着玉米举到高处让我把考试卷拿出来,过80分才让吃。每次吃的时候老杨总是一脸慈祥地看着我说:当年呐,我们逃荒,玉米棒子都抢着吃,吃完不消化就拉肚子,拉出来玉米棒子洗洗再煮着吃,你可要吃干净。

老杨这么一说,我就爱上了炉子上的土豆。

久而久之,在寒冷的冬季,我也爱上了坐在屋里读一下书。外面飘着雪,炉子里面闪着有温度的光芒,我蹲在炉子旁边认真看着《人之初》与《妇女生活》。这也许就是为什么我比同龄人更招女孩喜欢的原因。

有一次青河二中征文比赛,我求助了老杨,我参赛的征文是《一朵云彩》,用尽了我当时储备的所有词汇,从云彩的形状到特性以及它的美好,都在我笔下展现。那一次老杨给我讲解了"的""地""得"和"再""在"的用法。我的文章拿到老师那里得到一致的嘉奖,其实写云彩是因为我喜欢一个女孩,她名云。最终比赛我获得了二等奖,第一名是马史写的《我的部长父亲》,原来亲情比爱情更有说服力啊。

那以后,我更加关注老杨,他的名字常见于新疆的各大报纸上。年底他一定是优秀通讯员或者记者,这个小县里从象棋村到拉屎遇到狗头金,从阿尼帕收养孩子到漂流乌伦古河都成为老杨笔下的故事。他骑着一辆二八自行车穿行在青河的大街小巷,记录着每一个有价值的故事,再回到办公室里写成稿子。每一次稿子都要投三五家媒体,他就会手抄三五遍,每篇稿子都字迹工整，然后小心翼翼地折叠好放进信封里，再点一根磨合烟，抽一口后，用舌头舔一下邮票背面，再贴在信封上，最后塞到邮筒里。

冬天大雪封山，从县城出去的唯一一条路常常会因为积雪变得不通畅。一篇新闻稿寄出去少则一个星期多则半个月，新闻都变成了旧闻，只是在当时县城发生的故事都是慢慢悠悠的，就和这路途一般。通常一篇稿子从青河到新疆各地，再从新疆各地变成报纸铅字回到老杨的办公室都要20天左右。老杨不紧不慢，把报纸上有自己署名的新闻剪下来，贴在一个厚大的笔记本上。

青河很小，道路两边白杨树林立，一到夏天就漫天飘着柳絮，好像棉花一样落在人身上，又像蒲公英一样到处飞舞。县里开大会，讨论是否砍掉道路两边的杨树。老杨站起来坚决反对：每一棵杨树都代表了一个生命，它们耐生长，它们滋润大地，树树有声。

一向平和的老杨大闹了县领导会议，不过最终的结果还是每一家负责砍伐3棵树。小镇的人全部出动，年轻人砍，老人捡柴火，小孩围着砍断的树数着年轮。

我的记忆中树根很深，每次都只能先把树拦腰砍断，再挖树根。老杨家的3棵树并没有砍，县领导来的时候对他大发雷霆，扣1个月工资。几个人要砍树，被老杨拦下，在拉扯中，老杨哽咽着喊道：让我再看一眼树。老杨站在树下，他抚摸着杨树仰望，就好像最后的告别一样。

后来他告诉我：杨树不枝不蔓，不骄不躁，扎根在贫瘠的土壤中，随处发芽，随遇而安，早春开花，与世无争，多么像那时候我们的生活。

二

小镇的中心有一个商贸城，在它旁边有个小摊位，一个老头摆了一副象棋赛棋，下输了给人五毛，下平局给人二毛五。如果老杨不写稿就会在那里下棋。老杨喜欢穿

转场途中　　　　　　　　　　　杨建英摄

着一双布鞋，一件发旧的西服，蹬着一辆自行车，自行车停在路边，一下棋就会忘记了回家。

那可能是县里唯一的娱乐场所，总是站满了各种各样的人，甚至有牧民把马车停在路边围观。老杨是象棋高手，在那里手下败将无数。有一次，从塔拉提来了一个老汉，老杨死活下不过，老汉临走的时候对老杨说："在我们村，我也排不上前三。"

后来，老杨蹬上自行车，背着一袋象棋就去了塔拉提，真的遇到了3个高手。没多久，塔拉提有一个象棋村的故事就上了报纸，老杨拿着报纸给老汉看，说："下不过你，但我能报道你。"

也是下象棋的时候，老杨无意间听到了一个故事，一个叫阿尼帕的老人收养了很多孩子。他就跑到了阿尼帕老人家里采访，那篇稿子登上了《中国民族报》。后来的很多年，阿尼帕成了"感动中国人物"。

那摆象棋摊的老头我也很熟悉，没人的时候就会摆个残局，笑眯眯地对我说：来破残局，赢我给你2元，输了你给我1元。我就揣着家里给的买课外书的钱站个半天，每次都输得不剩一毛钱。

如此几次以后，老杨知道了这件事情，就在办公室里摆出残局来教我一步一步地破。后来我再去找那老汉，才知道他已离开了这个世界，我再也没有机会赢回我准备买"娃娃头"（雪糕）的钱。

老杨也会教我很多课本上没有的知识。他喜欢问我一些问题，而我总是答非所问。他从不会不耐烦，总是认真地纠正我。

"为什么牧民怕下完雪回暖？"

"大雪多明媚。"

"因为回暖结冰，羊就没办法刨开雪吃草。"

难怪秋天会打草。

"为什么山顶上有堆积的石块？"

"牧民祭祀用的。"

"因为老鹰好落脚，会在那里休息，俯视狼群。"

难怪小镇狼少。

"为什么蒙古国人不吃鱼？"

"吐不出刺。"

"因为蒙古国人的风俗是水葬。"

难怪从蒙古国到小镇的鱼又大又肥，还别有味道。

老杨和我说这些的时候喜欢抽根烟，一脸神奇地告诉我。他最喜欢用报纸卷一些莫合烟，那些没有他署名的报纸都会被卷成莫合烟。他笑着对我说："生活祥和，来根莫合。"

老杨会说一口流利的哈萨克语。每天骑着破自行车出去采访，牧区放羊的孩子都认识他，老远就和他打招呼，喊他骑马，老杨骑多久的马，小孩就蹬多久的自行车。

老杨喜欢摄影，结婚十年买的唯一贵重的东西就是一部专业相机。那部相机，他随时都会挂在脖子上，晚上就去县城唯一一家永生照相馆洗照片，久而久之，老板都和老杨成了朋友，老杨也学会了自己冲洗胶卷。照片里有他的孩子的微笑、媳妇腼腆的样子，更多的是青河的山山水水与青河质朴的人们。

老杨领个稿费都会骑着自行车驮着媳妇欢天喜地地去邮局。老杨的媳妇是粮食局的收银员,工作不算清闲,但福利总是很好。夏季分的西瓜堆满整个床下,冬季分的白菜和土豆堆满整个地窖。时不时拿一些麦子回来喂鸽子。老杨家的院子里养了几十只鸽子、兔子还有鸡。老杨的媳妇每天都会背着一个算盘,比老杨更会算计生活。

小镇的很多人都知道他们的爱情故事:1978年的夏天下过了小雨,在青河的小清河的吊桥那里两人第一次见面。媒人的介绍方式是让两个人一起去捡蘑菇,双方都很腼腆,第一次见面两人只顾低头找蘑菇,却不敢多看对方一眼,整个林子的蘑菇找完了,两个人也不舍得离开。老杨说:你看这里还有一个蘑菇冒出了头。一直到天黑,那只蘑菇长大成形,他才摘下来送给了女孩。

见面之后互相都有好感,但是都不敢主动联系对方,直到一天老杨得病住院,有朋友找到女方说:于兰花,你对象住院了,你怎么也不去看看?当天下午她推开了老杨的病房,老杨说:我都一个星期没吃上热饭了。女孩从此给老杨送饭,从粥到馒头,她都是骑自行车用最快的速度送到老杨那里,看着他把饭吃完。老杨就每天给女孩写一封情书。女孩说:要不是他文笔好,当时我可不缺媒人介绍对象。

老杨出院了,他看到牧场一户人家有罕见的乌鸡。为了讨好女孩,老杨特想买两只送给女孩,但他的请求被这家主人拒绝了。老杨不死心,一次次上门求鸡,最后主人问了情况被感动了,送给老杨两个乌鸡蛋。用乌鸡蛋孵出小鸡后,老杨就送到了女孩的单位,这俩小鸡真的稀罕。当小鸡长大后,老杨和女孩就正式确定了婚事。老杨用牛粪、敌敌畏还有芨芨草熏走了宿舍墙壁上成堆的蚊子,之后他们就在宿舍里完婚。

当时,老杨的媳妇所在的粮食局需要一个总结报告,老杨媳妇推荐了还在供销社干活的老杨,结果老杨出色地写完材料。局长发现了老杨的才华,很快让他当上了办公室秘书。

后来,老杨家就搬到了粮食局院子里。老杨家邻居是蒙古族家庭,老杨一直很乐于和他们交往是因为媳妇总是用一些黄瓜、大豆、西红柿换取马、羊、牛肉。老杨总是把院子里的菜种得漂亮又合理,做饭还很美味,这让胖邻居羡慕不已。他们起先是不吃菜的,觉得那是草的一种,后来看得多也觉得吃菜很不错。

胖邻居是冷库的库长,库房里面冷冻的牛羊肉足够他吃一辈子。逢年过节,胖邻居从仓库里出来再回家总是提个羊腿,老杨就提一壶酒默契地去敲门。

通常胖邻居仰头举杯一饮而尽,老杨就埋头撕肉细嚼慢咽不亦乐乎。吃喝到尽兴时还能高歌一曲。最后都是听到响亮的《小白杨》响起。这是胖邻居和老杨喝高的标志,然后各回各家,收拾餐具和残局。酒宴都设在胖邻居家,源于他一声:

一棵小白杨

长在哨所旁

根儿深秆儿壮

守望着北疆

微风吹

吹得树叶沙沙响

太阳照得绿叶闪金光

唱完倒头鼾声便大作，即便是耳边打雷身淋暴雨也无济于事，对于接近100多千克的大胖子，两家人只能叹而观之。

老杨没得皮肤病之前是部队上的一个班长，在巴音布鲁克的草原上。每次老杨都会给我描绘那里的美景与生活，一群人在那里放羊、种田、盖房子。草原一望无际，那里的牧民，见面就给他们送肉送奶茶，他们会还回去各种蔬菜。

我认识老杨的日子里，就从来没有见过他穿短袖，整个夏天无论多热都是长袖。我看到他的办公室柜子里全是各种各样的药，都是治疗皮肤病的。

不过老杨的媳妇并不在意这个，老杨的媳妇爱笑，爱聊天，和谁都能聊两句，尽管老杨有皮肤病，但在医生的眼里：医学发展20年，就会治好。青河的日子就是那样简单，那个年代的爱情也就那么简单。唯一不同的就是各家院子里面种不同的菜，老杨的家里养了几十只鸽子，他从不舍得吃，把它们都赶上天空飞翔。老杨的媳妇在家闲余的时间都会缝制一些鞋垫和毛衣，那鞋垫非常耐磨，在寒冷的地方非常保暖。

老杨在青河名声在外，走到哪里都有人打着招呼，小镇就那么大，所有人都觉得老杨一家人会过上幸福的生活。

## 三

许多年后，我离开了小镇到外求学，也带走了我最纯真的回忆。手帕随着红领巾一起消失了，海棠果随着粮食局院子消失了，菜窖随着高楼消失了，西红柿酱随着院子消失了，就连做饭的鼓风机都随着火墙一起消失了。

每次擦鼻子都觉得纸不干净，绑在脖子上的手帕去哪儿了？每次吃土豆都想起老杨办公室里的炉子暖意融融；每次吃西红柿炒鸡蛋就想起了家家户户用吊瓶装西红柿酱，那几年医院最怕丢吊瓶；每次吃着天然气炒出来的饭就在想它一定不如鼓风机吹着火苗做的饭好吃。

可我们都回不去了，就想起了鸟窠禅师那首诗：

来时无迹去无踪，去与来时事一同；
何须更问浮生事，只此浮生在梦中。

伴随这些消失的还有老杨这个人。如果你现在去青河，问起那些老青河人，一定会说起这个青河的老干部、老部长，这个叫杨长根的人。

他们都会说，他是一个有才的人，但是英年早逝。

1999年6月，因为长期吃乙双吗啉来控制皮肤病，白细胞减少，老杨被送到北屯的医院，经抢救无效离开了人世。他去世的时候我并不在身边，听说最后咽气之前他还念叨着工作。

那一年我才15岁，他的葬礼我去了，几乎小镇所有的人都为他送了行。老杨被埋在小镇的后山，那里埋的都是最早开垦边疆的人，大多已经被人遗忘，只有家人记得。很多人都说老杨是因公殉职。

后来还有青河的老领导聊起了他，说他走了，整个青河的新闻滞后了10年。

## 四

2016年的春节我回到了青河，一群好

友在牧场闲逛拍照。一个老牧民远远地喊我,我走了过去,他握着我的手问道,你是杨长根的儿子吗?我用力地点点头。他说,你父亲是个好人。我低头喃喃地说:他是一个好人。

是的,老杨是我的父亲。

那天,被马史叫了出来,说要品尝青河最纯正的牛肉馅饼。在二中侧面的那一个小店里点了一碗奶茶和牛肉馅饼。马史说,这家店你还记得吗,我们曾经常逃课筹钱来这里吃饭。

这碗奶茶把我拽回了从前的日子里。曾经家家户户订牛奶,都是早晨从牛身上挤下来的鲜奶,有时候牛奶里还会漂着牛毛。送牛奶的是位很腼腆的牧民的孩子,能听懂一点儿汉语。父亲常常开玩笑地对她说:我们要的是牛奶兑水,而不是水兑牛奶。牛奶煮熟了,上面漂着厚厚的奶皮,我最爱吃的就是奶皮子,觉得那就是人间美味。

有时候牛奶也会坏掉,漏掉水就变成了甜奶疙瘩。我每次都特矛盾,因为我们总觉得甜奶疙瘩也是人间美味,但吃奶疙瘩就喝不上奶茶了。有时候牛奶喝不完,父亲就用多余的牛奶去做酸奶。那时候的酸奶真酸,要放很多糖才能下肚。

奶茶是我们成长路上最关键的基石,一壶奶茶、几个包尔萨克饼构成了青河人的生活味道。茶是砖茶,奶是真正的纯牛奶,再放些许盐熬出来。从小镇出来以后最怀念的就是那里的牛奶,因为牛奶变了,茶变了,生活味道也就变了。

我喝着奶茶,低着头。马史问我怎么了,为什么不说话。我说这茶是真正的砖

秋日的额尔齐斯河畔　　　　　　　　向京摄

茶,奶是真正的纯牛奶,可就是有点烫,烫得眼泪都快下来了。

朋友给我介绍起青河的发展,曾经的平房早已变成了一座座漂亮的楼房,他说:这路灯换了好几茬,这次最好看。

我说我还是怀念有树的日子,他问我为什么?

我不知道,我什么都没说。

有树的日子,可以在夏天避开阳光,在冬天避开雪飘,在春天看到雨露,在秋天看到落叶。小时候,我特别喜欢雨天在小树林里转悠,小镇的雨天那么少,在树林感受雨带来的湿润和温和是至今都难以忘却的。

我一个人从小清河一直走到大清河,再从大清河走到山的后面,去看山看水看山清水秀看父亲的坟,收拾一下坟四周的杂草,带一瓶酒和父亲最爱的莫合烟,还有那支金笔,说说这些年发生的故事。

在那个夜晚,我告别了青河,踏上了那条从青河到外面世界唯一的路,也是曾经为父亲送行的路。那条路是我一生中最长的路,一望无际的戈壁,没有生机,风吹过细碎的沙砾石,刻画出千万年的沧桑,轻轻地夹杂着花香从古老的那头吹到原始的尽头。秃鹫飞过天空,看不见远去的痕迹。远处的驼铃声摇曳着睡梦中的呢喃。

谁还会记得小镇的故事?在中国靠近蒙古的边界上,在准噶尔盆地东北边缘,在阿尔泰山南麓。一代又一代的人,他们建设边疆,他们把青春和生命都贡献在这片土地上,他们是最应该被怀念的平民英雄。

有时候,一个人静静地坐着就会想起青河那些熟悉的场景,它们在我记忆中一尘不染。习惯在深夜看着窗外辽阔的天空想念父亲,寥寥的星星,月高星稀总会带给人一种安详。夜阑人静,空气轻轻地流淌,吹拂着回忆,像童年父亲的抚摸一般安逸。

多少年,我们始终相信,人生要走一个圆形,在这荒凉的世界上,遇到另一半圆,恰好完美无痕,走全了就是圆满,走散了就是圆缺。躲不过岁月的洗礼,绕不过命运的坎坷,终其一生,在老的那一年就用胜利者的姿态仰视夕阳,过去的人都成为黑色电影胶片,而你是那一抹亮色,散发着最后的光芒。

时光如诉。不觉间,父亲离世已有20个年头,从离开那天起我开始独立成长,面对这个世界,妥协与容忍,屈辱与荣耀,思念和思念以及思念。

父亲,永远都活在我身上,留给我的印记陪伴我一生。

父亲,遗传给了我牛皮癣,让我经历了他所经历的生活。

我曾经问过医生:为什么是我。

医生反问我:为什么不是你。

年少的我总会犯一些错误,父亲的方式就是打,不打不成才。身边有啥就拿啥打,用过扫帚、凳子、毛巾甚至棒子。父亲离开人世之前一个月,我因为打架被通报,我胆怯地回到家里。

"吃了吗?"

"嗯,没。"

"快去吃点饭,以后回家别太晚。"

"嗯。"

"以后别打架了,你也打不过谁。"

"嗯。"

我低头站着，父亲并没有打我，我想他觉得我们可以有一些交流，但如果我知道那是我们第一次谈心也是最后一次，我会好好地道别。多少年来，我都在想，幻想父亲尚在，我俩来一场敞亮的父子交流。

父亲的手稿都焚烧成灰，只留下来一个笔记本，每一页纸的正背面都贴着剪报，都是挂着父亲名字的报道。今年除夕无意间弄掉了一张报纸，发现笔记本上有父亲的字迹，有一段是这样写的："我知道很多药对自己有副作用甚至会引发别的疾病，但我都要尝试一遍以找到最有效果的，这样我的小孩就不用和我一样吃那么多药还不好。"

父亲，这是你给我最好的印记，让我时刻想起你，让我知道你的生活里的煎熬与坚强，你的痛苦与无奈，它也让我成了更好的自己。

## 五

父亲，你该不知道我有多想你？

一看见别人一家子团聚热闹总有几分羡慕，这些年我从来不看讲述父爱的电影，那些细微之处立刻能击穿我的内心世界，让我不知所措。

如果你在的话，我们一家子肯定坐在一起过年。和父亲一起谈论人生，聊聊生活的点滴，那才是最完整的家。

二十年辗转尘世，历尽坎坷和创伤，父亲你若看到一定会心疼的，儿子学会了坚强也学会了悲伤。你看到母亲一定快认不出她了，母亲老了，头发都白了，可是母亲每天都还在念叨着你的名字，你曾经的生活。

二十年的委屈都不算什么。父亲，你在天堂还好吗？儿子替你写了书，替你成为作家。父亲，你骄傲吧？

父亲，金笔一直陪伴着我，那是我最想念你的方式。

我想你了。

## 母　　亲

我至今都不知道用什么词可以表达母亲的性格，坚韧里带着一点胆怯。失去主心骨的母亲，在岁月的沉淀中，变得忧郁，会因为儿子有出息而念念有词，也会一直挂念着离去的父亲。在人生的长河里，她普通得如同路人甲，她依旧会分享给我们那些健康类的伪鸡汤，她笑起来满脸的皱纹，可就这样的母亲，成为我的英雄，我生命中最重要的人。

## 一

2011年我在青岛，手机对我来说作用并不大，偶然一次欠费不提醒都不会在意。有一天，QQ（腾讯聊天界面）上弹出了母亲的留言：你怎么被控制了？你要注意，在外面不要乱说话。我百思不得其解，在电话亭拨了自己的手机号码后听到：对不起，你拨打的用户通话已被限制。

充了20元话费后，我给母亲发了一条短信：一切安好，只是欠费停机。我在书店里看书，收到了母亲的回复：你住那个地方有多少人？有新疆青河人多吗？他们靠打鱼为生吗？

脑海里顿时浮出了一个情景：我在

海边用叉子抓鱼,身上披着一片大叶子,腰上绑着一根绳子挂着一片小叶子,远处一个女子架着篝火,不远处的渔船上传来古老的歌谣,还有女子随着歌舞动。靠着大海和岛屿的丰饶恩赐,过着茹毛饮血的生活。

说实话,我只知道青河县城有2万多人,之前给母亲打了一个电话,说我在青岛旁的一个岛上,从青岛过来只能坐轮渡,名字叫黄岛,母亲就听成了荒岛。我跑到地图区查看了一眼,黄岛有40多万人。海底隧道两年后就会开通,就可以从海底开车往返,便如实地给母亲发了过去。

这是母亲第二次给我发短信。两年前我在乌鲁木齐无意间还看到母亲写好了但没有发送的一条短信:回来考公务员吧。母亲眼神不好,打字很费劲,等我离开新疆在火车上收到了母亲的短信:工作找好了吗?注意吃的。

第二天,我从丁家河小区穿过理工大学,站在唐岛湾看着海面发呆时,收到母亲的短信:大河大吗?母亲并没有见过大海,在她的嘴里大海永远是大河,一条又宽又长的河。我就拨通了母亲的电话:来看海吧,比大河要大。

第三天,母亲就买了一张从乌鲁木齐到济南,再从济南到青岛的火车票。我在火车站接上母亲,母亲佝偻着背,小心翼翼地抱着一个布袋四下张望,看到我才舒缓了一口气,对我说:总是怕小偷,硬座也睡不好。布袋里是一包馕,母亲并不知道带点什么好,但她心里总会想不带更不好。

从青岛到黄岛,40分钟10元钱,我带着母亲坐上了去黄岛的轮渡。母亲跑到船尾,轮渡划开水花,波浪蔓延,海水被甩在了身后,母亲想张开双臂又觉得不妥,就把手放到了栏杆上。夕阳西下,金辉打在她花白的头发上,所有的苦难、悲欢离合都成为过往,当年那个充满憧憬的小姑娘已经找不到了。

青岛的天气常会阴雨不断,从世界上离大海最远的乌鲁木齐来到海边,雨水明显比在新疆充沛。我在日志上说日子发霉了,是真的发霉,而且时光如斯,感觉每天都在交房租。空气潮湿,海风吹拂,母亲有关节炎,时常一只手捂着膝盖,但表现得很自然,她不愿意为我增加负担。

终于有一天天空放晴,我和女朋友带着母亲去了海边。海水拍打在她的脚边,看着海天一色,忽而感叹,忽而面露喜悦,忽而自言自语。一个大浪过来,母亲像小姑娘一样尖叫起来,如同受惊的小麋鹿跳跃起来,看到我,又低着头拨拉着水,任凭海浪冲打着她的腿陷入沉思。对于一个新疆人来说,一定去看一看大海,似乎是生活的共识。母亲50多岁才第一次见到大海,她瞭望着远方,大海没有边际,就和沙漠一般,母亲表达的方式直接而有力,她对我说:我这辈子算没白活吧?

玩了会儿水,母亲坐在沙滩上安静地看着大海问我:远处的网是怕人被冲走吗?我说:那是防鲨网。母亲若有所思地又问了我另一句话,从沙漠到海边,从青河到青岛,有那么多好玩的好奇的事情,母亲却问了我一句让我答不出来的问题。母亲有点窃喜地问我:刚才有海水进到我的嘴里,味道很怪,他们说海水是咸的,做菜是不是可以省钱不放盐了？

女朋友在旁边拉着母亲说：阿姨，走，带你去抓小螃蟹。这才缓解了这一刻的尴尬。

尽管和女朋友没有走到谈婚论嫁的地步，母亲还是略有担心——那种婆媳之争，做完菜，小心翼翼地问我们：咸淡怎么样？母亲做菜的味道除了咸淡，再无酸甜苦辣，更何况每一次都很淡。每次吃饭，母亲先就着剩菜吃，我说：你总是扒剩菜干什么。母亲不吱声，还是扒拉着剩菜，我一气之下就把剩菜倒进垃圾桶，大声说道：过夜的菜就不要吃了。那一代人，吃菜真的就是为了下饭，吃个牛排都想要一碗米饭。从那以后，母亲做的菜量变少了，我们也尽量一次吃完。

有一次，我和母亲从金沙滩一直走到了积米崖，沿着海岸线一直行走，一直走到黑暗慢慢把城市覆盖。她看着四周在建的高楼问道：这房子很贵吧？我安慰她：只有外地人才买海景房，本地人都受不了海边的潮湿。那，那市区的房子多少钱？母亲鼓起勇气问我，要是我把乌鲁木齐的房子卖掉，能付得起首付吗？当母亲知道即使勉强付得起首付，我也不会让她去卖掉乌鲁木齐那套给她安全感的房子以后，就试图说服我的女朋友。

吃晚饭时，母亲故意找了个话题，她自顾自地说：你父亲以前的老领导还在司法局，或许还能去找找。乌鲁木齐的两室一厅的房子刚好我们一起住，要是有了孩子就要考虑换一套大的。

当我们的生活在极度困窘的时候，我们总是寄希望某一件事情，哪怕不可能，都会让我们的精神有一丝的安慰。母亲并没有说服我的女朋友，女朋友也不会离开海边去遥远的乌鲁木齐生活。这让她很沮丧，她站在窗台边上看着黑漆漆的窗外，深深地叹了一口气。

住了3个月后，母亲总觉得我们可以把她那一间房子租出去，省一些房租，就执意要回到乌鲁木齐。临走前，母亲对我说：如果最终不能走在一起，就回来吧。

那是我在青岛的第四个年头。母亲走后，女朋友就搬回家住了。那年冬至，女朋友突然给我发了短信说：你该回家过一次年了。爱情总会结束，我在大年初一回到乌鲁木齐的家里，母亲做了一顿火锅等着我。

## 二

我小的时候，母亲收养了一个女儿，别人问父亲，他会解释：就想要个女儿。可是母亲却对每个人说：万一儿子找不到媳妇怎么办？童养媳不是很好嘛。

其实母亲并不是想给我找童养媳，而是因为父亲去农村采访，一个牧民正好生孩子，是双胞胎，牧民就拉着我父亲说：一个勉强养得起，两个养不活。父亲犹豫了好久，问牧民要了一杯散酒，一口喝完用座机给母亲打了电话：能收养个孩子吗？母亲问道：女孩吗？在得到肯定答案后，母亲一口答应。

有一天我说我大学毕业可能不回去，母亲有点不甘心地说：你妹妹要嫁人了，你怎么办？老一代人表达的方式不同，母亲总希望我有个稳定的工作，娶个持家的女孩，过如同他们那样安全有保障的一辈子,但她总不愿直接说出来,怕我抵触,就只好这样说。

2008年我大学即将毕业,母亲想让我回到青河考公务员,谁谁谁的孩子考上哪哪哪的公务员,还请客吃饭了。母亲尽量用商量的口吻和我说这些。她并不想离开生活一辈子的地方,也希望我能回到那里。可是我遗传了母亲的性格,骨子里很倔,我给母亲说:既然走了出来,就没有想过回去,我不想过十年如一日的生活。最重要的是小镇上漂亮的姑娘都嫁出去了,回去娶媳妇很难。

母亲一听也是,谁谁家的姑娘都嫁到外国去了,再说那里除了埋葬的人再无亲戚,就下决心把小镇的房子折价卖掉,两套房子折成了乌鲁木齐不大的一套房子,至少乌鲁木齐离青岛还近一点。母亲找了一辆货车把家里的东西一趟都搬到了乌鲁木齐。她和父亲用铁架子焊的铺上木板的婚床,四方桌子上还有我和哥哥小时候刻画的涂鸦,大方块的电视机时常会闪着雪花,一盘磁带都没有的录音机至少还能听广播。父亲的书桌里塞满了陈旧的书籍,几十年来还在用的碗筷总会让我想起小时候打破一个碗挨揍的往事。只是搬家的时候,母亲只带了一张父亲遗照,其余照片都化作了灰炭,我问过母亲,她说:一张就够了,就这张看了不会哭。

搬家的时候我并不在乌鲁木齐,母亲在青河,我在青岛,父亲在天堂。

记忆中,我有8个春节都是在内地不同的城市度过,那些城市烟花耀眼都能闪出我的泪花,我就躲在屋里哪也不去。只有第一次在大连过年,我一个人去了海边。走了一天,我安慰自己,这是充满诗意的生活,伴随着海水的声音,有人轻悄地弹起吉他唱着歌,一切安详得让人无法说话。大海多么神奇,让我们的心事都沉入了海底。

海的对面是蓝天,没有城市的热闹烟花,但没躲掉母亲的短信:过节多吃点,新年好!

春节挺好的,就是没有饭馆开门,就是没有人陪着。我穿着鞋子往海水深处走,海水淹过了膝盖,我对着大海嘶喊,歇斯底里地喊:我不会哭的,我会坚强的。我在海边给母亲回了短信:新年好,母亲。我想难过的应该是母亲,这8个春节她也是一个人过的。

大海会不会是谁的泪水,反正我没有在海边流过眼泪。

大学毕业,我回到了乌鲁木齐,住进了新家,在乌鲁木齐珠江路的一个山坡上。时常夜里干呕,惊醒了母亲,她对我说:去医院做一个体检吧。

那天周五,在珠江路的小医院里,医生拿着化验单,手里拿着笔在纸上画着细胞,告诉我病毒在破坏好的细胞。那个医生口若悬河,告诉我人生各种道理,我和母亲就好像捣蒜一样点着头。他说完那句话,我看着母亲穿着老旧的衣服擦拭了一把眼泪,坚定地对我说:卖房子也治疗。

医生说:你这个是早期肝癌。

我停顿了好久,好冷的夏天,远方的姑娘我陪不了你了,遗书要不要发到网上,毕竟没有老婆孩子也没房产存折。我胆怯地问医生:我还能活多久?

我并没有接受医生的建议买五折优

惠的药品,而是等到周一去三甲级医院做复查。两天像两个世纪一样的漫长。母亲一旦遇到难过的事情,总是会自言自语。她在屋子里叹气,又对着空气说:不考公务员了,不回青河了,想去青岛就去青岛吧。她拿出仅有的一张存折和房产证,紧紧地攥在手里,在自己的房间里来回走动。

等待检查报告就好像等待宣判一样,我把化验单紧紧地捏着,汗透在纸上。医生淡定地看了一眼:就是脂肪肝,少吃油少喝酒,多运动。母亲手里揣着放着存折的小包,嘴上念叨着:还好不是肝癌,还好不是肝癌。

那段时间我渐渐熟悉了乌鲁木齐这个城市,就是和母亲走长长的路,一直从珠江路走到西大桥,再从西大桥走到七一酱园,在每一个站牌那里,读一读当天的新闻。最后在七一酱园买上一些菜,坐931路公交车回到家里。

买菜时,母亲会把白菜的坏叶子全部撕掉,会把土豆粘的土一点点清理,甚至把芹菜叶都摘掉才买,会在结账的时候和收银员砍价,这些不能打折吗?我并不会阻拦这一切,我想如果因此母亲会开心的话,那也是生活中仅存的侥幸。

那些菜拿回来一点儿不浪费都会进入锅里,就好像她会在水龙头那里放个盆子,洗脸水可以洗衣服,洗衣服水可以拖地,拖地水可以冲马桶。但总怕母亲不厌其烦地对我说:你父亲在的话,都是他做饭我洗碗,也不至于不合你胃口了。说多了,我就会对母亲说:人都离开十多年了,你就不能不再提父亲吗?母亲做饭确实不好吃,什么调料都不会添加,任何菜都是水煮出来的感觉,以至于在外第一次吃虎皮辣椒,我才知道辣椒不是调料。

有一次,我们在路上,有一个小贩贱卖胡萝卜,我说:买一点胡萝卜吧,天天吃土豆,换个胡萝卜还有营养。以前母亲看到一公斤一元钱肯定去买。但母亲并没有买,而是头也没回地离开了。母亲确实不吃胡萝卜,家里也从来没有做过抓饭。

乌鲁木齐比青河还要干燥,青河至少还有大雪。我在乌鲁木齐投了几份简历都杳无音信,我想着这里不适合我,我要去青岛看看,女朋友还在那里等着我。临行的时候,母亲从门口追到街上往我的手里塞了一堆纸币,大部分是一元钱那种,告诉我:在路上吃点好的。

奔跑的时间并不会停止。与母亲分别的那一刻,我沉默不语,母亲怅然若失地挥挥手,那站定而逐渐渺小的姿态,就是所有的言语。

我去青岛的第一个冬天,母亲打电话说要回青河,我说青河的房子已经卖掉,冬天动不动零下四十多摄氏度,你回去干什么?母亲沉默了一会儿对我说:曾经生你时没奶水,好心的朋友给你喂奶,现在那个朋友得了脑出血,我想回去看看。我并不知道怎么安慰母亲,这是第一次从母亲嘴里说出"朋友"这两个字,40多年的感情在她看来无比重要。

母亲毅然选择坐夜班车回到了青河,我能想象到路途的遥远,从乌鲁木齐到青河总共524千米,215国道,要走十多个小时,冬天会有风吹雪,几分钟就可以把道路掩埋掉。风在准噶尔盆地里打转,戈壁滩上黑漆漆一片,偶尔野兔和狐狸会窜到路上。这一段路程,足够回忆起所有的往事。

回去第二天就接到母亲的电话:好多人都在问你在内地做什么工作,我该怎么回答?你要做个好人!

## 三

大四那年,家里的院子要拆迁了。母亲一个人在院子里一砖一瓦地盖了两间房子,就为了在拆迁的时候可以讨价还价。母亲把大房子租给前面商店的小贩,一个月80元,自己住在小房子里。那房子透风还漆黑,夏天还需要架火,母亲如同小时候一样会去胡杨林捡柴火和蘑菇。她一周主要的蔬菜就是蘑菇,她盼望小雨,下完雨,大清河的蘑菇就会疯长起来。偶尔母亲会买一个鸡腿,和蘑菇炖在一起,在漆黑的小屋子里,过着不是滋味的日子。

有一天,小贩在院子里拉屎,母亲不愿意,院子即使不种菜了,那也有她和父亲的回忆。小贩全家站在院子里与母亲骂架,破院子拉屎怎么了,这是给你上肥。母亲骂不过,就蹲在地上不说话。小贩还不甘心,推了我母亲一下。电话是邻居打给我的:你母亲被欺负了。晚上,我的一群同学围住了小贩的商店,我接通了电话对小贩怒吼。电话那头,小贩一直给母亲道歉,足足有十分钟。母亲事后给我说:你回来看看家吧,回家过一次年吧。

那是2009年,我想起青河的冬天漫长而寒冷,很多牧民都有关节炎。我在天涯网上发起了一个帖子:青河冬天需要棉衣,请求网友给青河捐衣物。青河那么遥远,回去一次我总希望能做一些事情。

那个冬天我带着一批物资回到了青河,那条新闻至今还能在网上找到。我去

夏季即将举行阿肯弹唱会的山间草地

向京摄

到乡里发了所有衣物，就如同报道一样，牧民确实缺乏冬衣。

青河的夜空很美，星星触手可及。母亲把她放破烂的小屋子收拾出来，给我放置了一张小床，晚上就会炖蘑菇，她有点得意地对我说：吃了两年的蘑菇，头发也黑了，血压也不高了，还省了那么多买菜的钱。除夕，我买了只鸡，用东北人的方式做了小鸡炖蘑菇，两个人在早已经凋敝的院子里吃了起来，星星照亮了院子。母亲吃饭狼吞虎咽，她也不说好吃不好吃，在她的眼里，吃饱就是老天最好的恩赐。

那年春节，母亲又与人吵架了，有人要给母亲介绍一个伴儿。母亲破口大骂，连相亲对象都骂走了，回到家，母亲声音哽咽地对我说：如果你父亲知道我相亲，他怎么想我啊？

那几年，县里的很多人都不敢和母亲说话，见到她都绕着走，还有人告诉我，你母亲疯了，一个人从大清河走到小清河神神叨叨自言自语。后来我同学告诉我：你母亲下午推个拉拉车到处捡破烂，晚上就一个人走到小清河，自言自语。

难怪，我走的时候母亲给我塞的是一叠零钱，问我钱够不够，让我一定要好好学习，将来有出息地回到这里，不要让别人说没出息。

大学的日子里，母亲会每个月给我写信，字歪歪扭扭还会有错别字和拼音，她在信里和我讲述了她和父亲的点滴往事。在信里寄托她对父亲的想念，也会说一些国家政策对她的帮助，她的工资，以及她对我说，她总觉得父亲并没有走，她走在路上就在和父亲对话。

四

至今都会记得我摔过一次碗，那年高一，母亲喊我，欲言又止。我跑到外面重重地把门关上。

母亲对待吃饭简直是对付，豆腐煮一下就是一盘菜，芹菜不去叶子就下锅，下个面条一定是清汤寡水，所有的饭菜端上都没有味道，哪怕是改善生活的肉品，只是水煮就好。没有辣味，没有甜味，没有酸味，甚至连点盐味都感觉不到。

因为惹事，我从青河二中退学。母亲托关系找到了父亲的同事，让我去了隔壁县上高二。其实我并没有上学的想法，只是想离开那个我成了所有孩子家长眼里的坏榜样的小镇，我也不想再吃没有味道的饭了。

隔壁县叫作富蕴，距离青河150千米。那时还只有邮局寄汇款单，收到汇款单再到邮局兑换成人民币，周末还没办法办理。有一次汇款单迟迟没收到，赶上了元旦和周末，我三天只吃了一个馒头，身上分文没有，等拿上汇款单我给母亲打电话抱怨时，母亲说：也好，饿一下肚子，你也能感受一下我们当年的生活。

有一次，母亲打电话到门卫那里叫我，10分钟后再打过来问我说：阿勒泰是观测狮子座流星雨最好的地点，我许愿会灵吗？

那次，我和村里一群孩子裹着棉被站在寒冷的夜晚，每划过一颗流星就大喊一声，一直到声音嘶哑。所有人回去睡觉，我还在等待最后一颗流星划过，那流星似乎会眨眼,就好像父亲做了一个鬼脸。

没有熬过一年,我就退学了,过了几个月后,我被母亲带到北屯。北屯是父亲离开的地方,母亲鼓励我,就算高级中学,考一考才知道能不能上。没想到我倒数第一的成绩真的考上北屯高级中学。

北屯的蚊子比凉皮出名,似乎它们也要过冬,到处大开杀戒。我在那里参加了高考,收到大学录取通知书,母亲正端饭上来。我吃着饭对母亲说:要是菜再有点味道就好了。母亲看着我说:你父亲要是知道你考上了大学一定会自豪的。

我临走的时候,母亲专门复印了我的大学通知书给很多人看:我就说我儿子能考上大学。母亲知道,在很多人看来,我能否考上大学难说,但犯事儿进去有可能。

五

1999年6月28日,剪报纸、收信件,还有母亲的笑容都戛然而止,院子里的鸽子与兔子五元一只都卖给了前面的饭店,而"父亲"这个词就从我的字典里消失了。父亲的葬礼上母亲哭成了泪人,我并没有哭,15岁的我对这个世界还没有理解力。

从那以后,我再也没有见过母亲脸上的自信、快乐与阳光。

有一天晚上,母亲从抽屉里翻出来所有的单子,和我一起叠加计算:3万元的稿费2万元的存折。母亲说:这钱就是你上学用的,我要存好,我可能要从粮食局下岗了。

父亲去世3个月后,母亲从粮食局下岗了。我得到这个消息的时候,母亲已经躺在病床上,挂着吊针目光呆滞,散落着头发脸色苍白。

在那个依稀寒冷的季节,母亲迅速地老去。母亲说她要离开这里,要回老家看看。母亲真的去了内地,留给我每月140元的国家贫困补助。

母亲去了她出生的地方河南扶沟看了看,在那里母亲一定会想起她的母亲,她的一家人。虽然在她去的时候,这些人都已经不在人世了。我猜母亲一定在那个山坡上看到夕阳落山,会哭着想起她的童年,她再也回不来的爱人。那里已经变样了,只有枯死的老树她还认识;母亲还去了山西长子县,父亲的老家,她想去看看父亲出生的地方是什么样,她没有陪父亲度过童年,但她想去感受一下。

六

我出生在新疆西北偏北的青河,生我的医院就是几间平房,生孩子还要自己架火烧柴供暖。比母亲早分娩半个小时的,是她的同事。后来母亲告诉我,她同事临时生产忘带柴火,于是父亲好心把自己的柴火给他家烧了。这样,母亲生我的时候一热一冷,生了一场大病。

我家住在基建队,那里大部分是逃荒来的非正规军,有超生队,有民工团。当年母亲把自行车后座上的婴儿椅拆掉,我坐在自行车上两腿一夹,鲜血直流,从那以后我多躺了两年的婴儿椅。

从小,母亲就培养我干活的能力。每年冬天,家家户户都会拉一车煤放在小房子里,我就站在车下面负责把小块煤拣回家,那一车煤够我们烧一个冬天。青河的冬天总是很漫长,一年中有8个多月都需要烧煤。家里的供暖方式是火墙,在客厅有两个炉子,通往两个屋子的火墙;前半夜总是远离火墙睡,后半夜被冻得哇哇叫,就抱着火墙睡。做饭前,母亲在火墙上面扔上几个红薯,睡觉前就能美餐一顿。

那时候最不喜欢吃的菜就是母亲做的豆腐,因为豆腐总是少盐无油,就着米饭吃很容易噎着。那时候流行看《大力水手》,每次小伙伴欺负我,我就给母亲说,今天晚上吃菠菜吧。

每年冬天我家院子的凉房里就冻了好多的"娃娃头",那几乎是我们童年的最爱。每次回到家都会拿着考试成绩问母亲,可以吃娃娃头吗?娃娃头是我当时认真学习的唯一理由。母亲抚摸着我的头,她期待着我健康成长。

回忆中最多的时节就是冬季,房顶上盖着厚厚的大雪,我拿着铁锹铲着房檐上的雪,母亲在下面喊:别掉下来了。烟囱里冒着袅袅炊烟,我用小身板扛着推雪板用尽全身力气往下推着雪,有时候不小心掉了下去就掉到了雪堆里,发现不疼,就推几下跳下去一次,再从梯子上爬上来。

半大的时候我还会缠在母亲身边。有一次母亲在切菜,父亲过来给母亲一个亲吻,被我看到,我立刻"哇哇"哭了出来。母亲露出羞涩的表情,哄着我说你不哭,妈妈也亲亲你。

## 七

我 6 岁的时候还经常尿裤子,因为冬天时常零下 45 摄氏度,背带裤式的棉裤裹住了我,一时无法解开,尿湿的裤子结了一层冰碴子,也不敢告诉母亲,就靠着火炉子烤,晾干之后一股臊气。还好新年到来,一家人粉刷墙壁,涂成全白色,再用水泥把房中凹凸不平的地抹平,这样散发的泥土的味道就会掩盖我裆下的臊气。

一毛钱一把的糖在这一天要与拜年的人分享。母亲用电灯泡投影表演各种手舞。一有敲门,我就跑去开门,山里牧民的小孩会在这一天跑到县城挨家挨户拜年,说着极其不标准的语言:喜年好。我就会塞一把糖果和瓜子给他们,他们人手一个塑料袋;很重要的一点就是,今天吃我家糖果,古尔邦节我就可以去他们家吃肉,母亲也会给我一个塑料袋,一天下来差不多能吃只羊。

春晚依旧是一家人除夕夜必须看的节目,每看一个小品母亲都能乐得东倒西歪,高兴了给我倒一大杯健力宝。这个经济与思维落后大部分地区十多年的小镇,也就是在春晚时跟上了节奏,春晚的金句朗朗上口,能用一整年。

常见大雪覆城,每当融化时,便知岁月去。

我们去过那么多城市,如小镇的烟花,如小镇的饺子,如小镇的拜年,却再也没有小镇的味道。总能孩童般笑着生活,也有年轮刻下的伤感,岁月划过的痛楚,而此时的母亲,还是如故的一个人。如此,整个忧伤全属于她。我还清楚地记得童年的欢声笑语,童年里母亲慈祥而又憧憬的样子。童年的世界很小,所有的生活就是秋千旁边与母亲一问一答的乘法表。

## 八

2016 年,我的第一本书出版,母亲悄

悄地去了我的签售现场,几个朋友怎么拉也不敢上场。那一年,母亲回到青河,有人拉着她的手说你儿子有出息,那个、那个比记者还厉害的是干啥的?我母亲扬起头大声说道:作家!

我告诉母亲,再别去捡那些破烂了,没事可以跳跳广场舞,护照下来,我用稿费送你出去旅游。母亲看着我说:总是看不得那些瓶子乱扔。

2019年的春节我带着母亲在花城广州过了年。我们从北京路打卡到了广州塔,一路上给母亲拍着照片。这一年母亲已经去了4个国家,每次旅行完回来都对我说:这辈子没白活啊。除夕夜,我买了一堆菜和海鲜,要亲自做一顿饭菜。母亲打下手洗菜的时候,对着一个萝卜端详了半天,阳光从窗户外照射在她的脸上。

母亲在那个夜晚给我讲述了她的故事:

1961年,母亲和姥爷乘坐一辆解放牌的卡车,坐在车兜里晃悠了6天才来到了青河县。那时风餐露宿比现在更加荒凉,司机虽是老手但稍不注意也会迷路。一车人就在戈壁滩里晃悠,戈壁滩也并非空无一物,实在太累了,全员就会下去找小蒜和蘑菇吃。

母亲说,青河的交通工具主要是马和骆驼,低矮的地窝子、荒凉的戈壁滩和茂密的森林是青河的三大风景。最初母亲住在地窝子里睡在草席上。那时候一个鸡蛋8分钱也吃不起,买不起洗发水姥爷就把母亲的头发剃光,所有人都以为母亲是个男孩。

地窝子是什么样?就是在地上挖一个长方形的坑,坑上面盖着"人"字形的屋顶。坑底两边挖上1米多深的通道,一家有几口人就挖几个通道,通道里铺上稻草就是床铺。冬天无比漫长,母亲也没办法洗澡,只有到了夏天才能去河坝冲一下。

每个人每月只有24斤口粮,有一年腊月二十九,在进入青河的丛山里,车被大雪耽误在路上,全县的新年物资都在这里。姥爷和30多个民工被派去步行背物资。冬天青河刺骨的冷,手伸不出来,脸被包裹着,一群人披着漆黑而有味道的军用大衣就去了现场。10匹马,15千米,我姥爷背的是洋葱,冬天洋葱冻得硬邦邦,我姥爷就边走边啃,就好像在吃奶疙瘩,旁边的人背着土豆,也学着姥爷啃起来。这样回到家里,姥爷还从裤裆里掏出两个土豆,煮在锅里一家人香喷喷地吃起来。

这也是为什么后来母亲一心留在粮食局工作,每天分发粮票也是一种幸福。最期待的就是年三十,因为有"三个一"——一斤白面,一斤羊肉馅,一斤牛肉馅。可以给一家人包饺子吃。

吃上一顿饱饭都是幸福的事情。为了填饱肚子,母亲会去别人收获后的田里捡别人遗漏的麦子和土豆;为了填饱肚子,母亲和小伙伴在雪灾中寻找冻死的羊,把羊挖出来,羊皮卖了,羊肉煮着吃。要是实在吃不到食物,姥爷就给孩子们讲故事,孩子们听得出神,就会暂时忘记饥饿。

母亲说她不喜欢过中秋节,因为她的生日是中秋节后两天,别的小朋友在生日的时候都能吃上肉,而她每次要求过生日,姥爷都会说:中秋不是过了吗?她的童年从来就没过过生日。

1962年的青河会是什么样？奔跑的北山羊，长了"眼睛"的白桦树，唱着歌谣的牧羊人，群山围绕着大小清河。河边几个小伙伴在周围弯腰捡着柴火与牛粪。一个小男孩捡到一坨外焦里嫩的牛粪，碎了一手，追逐着其他小伙伴飞奔散去，惊到不远处吃草的牛也瞥了一眼。牧民的孩子学着大人们策马扬鞭，一个6岁的小女孩安静地仰望着蓝天。忽然间一个小男孩发现了一个颜色鲜艳的萝卜，小女孩拿着萝卜对着太阳，几个饥饿的小伙伴围着转圈想要吃掉这个被光打亮的萝卜。

母亲拿着萝卜端详了半天才对我说，那一次她和几个小伙伴在白桦林捡柴火发现了黄色的萝卜，拔起来就吃。结果姥爷回到家时发现母亲已经口吐白沫，直翻白眼；姥爷到处求救，送到医院经过了3天的洗胃和打针，母亲捡回来了性命。但是同吃的两个小孩都中毒去世了。

母亲停了好久才告诉我一个埋藏在心底已久的秘密，母亲说那一年她6岁，失去了味觉，甚至分不出甜和咸的味道。

那个夜晚，我回忆起很多事情，它们在我心里一尘不染，也想起人生中的困顿，回忆中寒冷的日子一个挨着一个，就好像熬不过，就幻想着每一片雪花都变成小精灵，一群追着一群，飞得满天都是。可是到夜里，路灯熄灭，就看不到这些小精

冬　湖　　　　　　　　　　　康剑摄

灵,母亲的泪水和委屈就会在深夜如一条河流般流过,苦涩悠长,不可遏止。母亲曾经想过离开,但她要拉扯我们长大成人。母亲彻夜睁着眼睛,等待着被这条河流带到光明的春天,在那里,母亲再也不会为亲人们吃苦受罪。

母亲的身体不好,因为生我得过气管炎,好多年才治好,但是留下了后遗症。可是直到这一刻,我才知道,母亲因为吃过毒萝卜失去了对味道的分辨。有一次和母亲一起买盐,母亲问:这盐咸不咸?炒半个白菜要放多少?商店老板说:你做菜不尝一下咸淡吗?我看到母亲脸色有变,却不知道母亲真的尝不出咸淡。

对不起,母亲,请原谅儿子当年嫌弃你做的饭没有味道,把你做的饭扔在地上跑了。

那天晚上,母亲并没有掉眼泪,而是长长地叹息,那叹息声击碎了我最后的防线。母亲渐渐老去,记忆力越来越不好了,常常把东西放到哪里就不记得了,但是母亲每次都会对我说:你父亲花钱很节约,你父亲的文章还没有写完……这是母亲一辈子说不完的话。那天母亲突然对我说:有一天我想不起你父亲怎么办?

我一直觉得他们是我见过唯一的真爱,母亲用一生在等待着父亲回来。

在乌鲁木齐的日子里,有一天中午我回家看到母亲在路边摆了一个摊位,那鞋垫一看就知道是母亲自己缝制的,就和当年给父亲缝的一样。母亲的头发花白,看到路人拿起鞋垫说着:十元一双,十元一双。母亲看到我后低着头,我质问母亲,家里条件好了,为什么还要摆摊卖东西?母亲低声说道,你父亲不穿,我不知道留着干什么。那一下午我都坐在乌鲁木齐的人民广场上,看着英雄纪念碑流着眼泪。父亲你可曾知道,你的离开让我在苦难与思念中成长,可是母亲却在困难与悲伤中老去。

我想起那个曾经抹口红、在父亲面前害羞的母亲,也想起五彩湾的雅丹在夏日里的斜阳照射下的五彩斑斓。母亲说她最喜欢停留在那里看风景,庄严的戈壁滩、雄伟的小山丘,还有涂了色彩的天空……她总觉得回到了第一次踏进青河的样子。姥爷把她放到扁担挑里,她伸出小脑袋看着远方,每一个小山丘都变成了帆船,她坐在帆船上飘到了远方。

20年,折成一个一个日子,换算成分秒时光,竟然有那么多苦涩。在这苦涩的日子里,我们都在狂奔,每一个母亲都带着孩子在奔向幸福。有些母亲,不需要坚韧与胆怯,不需要忧郁与小快乐,就拥抱着整个世界,而我的母亲,她扛着这些带着我们走向了幸福。

对不起,母亲,这二十年,叫醒我的竟然是你一滴滴的眼泪。◆

# 行吟阿勒泰 XING YIN ALETAI

思念　张　岩
随省作协第四次文化援疆采风团赴疆集咏　吴文昌
金山本草赋　王云韬
赵丽华组诗　赵丽华
拥诗而眠（组诗）　徐丽萍
阿尔泰札记（组诗）　谢耀德
如果，鱼的律诗　顾　伟
阔别克雪山的云，落入人间（组诗）　如　风
草原的故事（组诗）　郭文会
冬天的素描（组诗）　李慧英
对阿勒泰的回忆　克　兰
假装散漫　刘继能
云居寺石经还记着尼赫鲁的惊叹　陈玉泉
众志成城——抗疫诗歌专辑　杨建英等

## 思 念

张 岩

男儿立志出乡关,
报国救穷两担当。
防苏长驻赛尔山,
拒美曾跨鸭绿江。
戍边夜夜星月明,
思乡年年秋草黄。
埋骨何须桑梓地,
此心安处是故乡。

(注:深夜念及岳父大人一生辛劳,律己勤俭,奉公顾家,甘苦自知,竟是一夜唏嘘未眠,成诗八句,是为纪念。)

## 随省作协第四次文化援疆采风团赴疆集咏

吴文昌

**作者简介：**

吴文昌，原吉林省委组织部副部长、省人事厅厅长，现为中国作家协会会员、中华诗词学会会员、吉林省诗词学会副会长、吉林省文化援藏援疆促进会会长、吉林大学客座教授；出版格律诗专辑《临清集》《心远集》《俯仰集》。

### 飞抵阿勒泰

心念同胞向远方，
采风今日四临疆。
秋携霜早群山艳，
云弄天高大野狂。
丝路通连经贸振，
井渠流润米粮香。
欣闻援建将收获，
杨柳新栽续锦章。

### 第三批对口援疆工作有寄

一任艰辛伴寂寥，
援疆豪气干云霄。
愧将家事托亲友，
誓以边酬报舜尧。
银水有情能致远
金山无欲自堪骄。

随省作协第四次文化援疆采风团赴疆集咏

感人最是不相负，
留得丰碑日月高。

（注："感人最是不相负"指第三批对口援疆工作前方指挥部提出的新时代援疆精神"绝不相负"，即：不负组织重托、不负新疆群众、不负家国情怀、不负援疆岁月。）

## 赠阿勒泰地区文联副主席杨建英

半世蹉跎半世情，
老来难得忘曾经。
闲观朗月拂云影，
坐数疏星听水声。
几杵钟扬残夜尽，
一窗露上晓寒轻。
欣然毕竟身犹健，
又举吟鞭赴远征。

## 访"户儿家"农家大院

平常看却不平常，
故事温馨大院藏。
桦为同根枝叶茂，
餐因兼味蕴含长。
当年逃难寻生路，
今日安居奔小康。
老户人家今胜昔，
浩歌一曲共乘凉。

（注：共乘凉，系指户儿家新编歌颂民族团结的民歌《绿荫底下共乘凉》。）

随省作协第四次文化援疆采风团赴疆集咏

## 访草原石城通天洞

遗址飞声誉九垓,
遥临凭吊久徘徊。
防寒石厚凭栏雪,
避险墙高可挂孩。
狩猎虽能擒虎豹,
务农尚未事培栽。
多情幸有通天洞,
人类能从此处来。

## 临别赠吉林省第三批援疆干部

万里秋风大漠行,
梦随援友共纵横。
筹边身许关山月,
担责心持度量衡。
羞以勋劳说贡献,
乐将家国寄忠诚。
不堪挥手伤怀处,
谁解其中未了情。

# 金山本草赋

◇ 王云韬

**作者简介：**

王云韬，笔名云韬，号云谷仙泉山人，汉族，70后古诗词创作人；祖籍甘肃，出身书香世家，家学渊博，启蒙于国学雅士王连珍，性淡雅，喜山水；小学期间阅览十多部古典名著，好读书，乐写作，爱书法，慕六艺；长期学研工商管理专业，善于创新性企划、营销，参与举办过多起大型主题活动。

    金山本草，未入纲目，西域远阔，东壁难至。沙漠浩瀚隔千里，人迹罕见迷驼途。

    银峰圣洁，奇宝仅仙人可享；河湖清冽，金玉唯智勇可得。山珍丰饶，特产皆人间美味；丝路缥缈，蜃楼惑中西商客。

    雪都通和，兴旅牧农。党委运筹，不忘初心。药业添彩，泰旅推进。本草开馆，高屋建瓴。

    恰新法颁布，中医振兴，国策引领，传承创新。

    幸甚至哉，中医中药。非遗桂冠，中华瑰宝。道法自然，悠久深奥。天人合一，无尽玄妙。四经九典，十圣万老。望闻问切，溯源理疗。阴阳五行，配伍独到。经络脏腑，补泄攻削。继往开来，鼎立天朝。

    七旬王仁，生于承化，学医北京，献青春于边疆，著学说补遗缺。拓哈萨克医医院，历任院长，医疾医俗。退而不休，悬壶小巷，济世健民。

    五十年寻遍阿山，百千药草，惊艳信手拈来；卅余载厚积薄发，格物成馆，震撼过目难忘。

    纳群芳于精舍，集仙草于明堂。开雪都之善业，乐药王之仁心。寒来暑往,不弃荷锄,风霜雪雨,矢志明夷。全时珍之"本草",补华夏之药典。尽所学细辨嘉禾,步峰谷妙摄奇观。

掐雪莲去除顽痹,掬金盏益寿延年。

立三千之高岭,千里光明目。涌奇花于平地,旱金莲梦春。瑞香入口,唇齿清馨。睡莲高洁,美妙化净。

红景天仙赐,健脾补气。桦菌芝龙鳞,抗癌化瘀。

阿魏除邪杀虫,紫草解毒透疹,雪菊清肝明目,秦艽抑挛顺筋。

白头翁奈何,凉血清热。鹿衔草益肾,调经活络。大黄威武,下积滞,泄实热。马蔺孤兰,消肿痛,散淤结。

甘草国老,解寒毒几百千,调和众药;灵芝仙草,化腐朽为神奇,补气安神。

仙境阿尔泰,山中多奇才。金露梅,银露梅,药王神茶两玄材。漫山遍野花璀璨,金莲银莲并蒂开。三百多种珍稀菌,一千多目中药材。云生雪山花溪雨,泉出高甸彩虹飞。两季林色慕鹿鹤,五彩河谷储玉蕊。

冬严夏润秋殊胜,药草金玉冠古今。出类拔萃不同众,远在仙山近向仁。

美哉金山,造化神秀,厚德载物。壮哉雪都,人杰地灵,含弘光大。正是:

金山春来晚,冬景更迷人。
云中莲花洁,幽谷天地新。
灵草乐药圣,美景醉仙翁。
盛举全药典,补缺慰时珍。
重游阿勒泰,荷锄觅贤踪。

谨为阿尔泰山中草药博物馆志。◆

## 赵丽华组诗

◇ 赵丽华

**作者简介：**

赵丽华，作家，著名诗人，其作品语言简练、风格沉着，以朴素的幽默感勾勒人与世界的关系；2014年底创立梨花公社，画画、种菜、收徒、直播，再次创造出一种人人向往的生活方式。

### 爱 情

当我不写爱情诗的时候
我的爱情已经熟透了
当我不再矫情、抱怨或假装清高地炫耀拒绝
当我从来不提"爱情"这两个字，只当它根本不存在
实际上它已经像度过漫长雨季的葡萄
躲在不为人知的绿荫中，脱却了酸涩

赵丽华组诗

## 一个人来到田纳西

毫无疑问
我做的馅饼
是全天下
最好吃的

## 磨刀霍霍

先用砂轮开刃
再用砂石打磨
再用油石细磨
最后用面石定口
这位来自安徽的磨刀师傅
态度一丝不苟
手艺炉火纯青
我掂着这把寒光闪闪的刀上楼
楼道无人
我偷偷摆了几个造型
首先是切肉
然后是剁排骨
最后是砍人

## 我把一个……

我把一个恰如其分的词放入诗行之中
如同把子弹压入枪膛
下面的问题将成为关键：
我将射谁？

## 小 令

每次醒来
你都不在

## 月光如水

夜里
你睡不着
你穿着睡袍来到窗前
你抱着双膝晒了会儿月亮
你感慨，说月光如水啊
你又感慨，说照缁衣啊

## 重 生

我不是我母亲生我的那一刻诞生的
而是在岁月磨砺中一次次诞生了自己
命运的每一次劫杀
都使我重生一次

## 一个人

一个人与众不同
一个人离经叛道
一个人加快自己的脚步或者停下来
他脱离了大多数
他与普通群众拉开了距离
我想他的命运有这样两个：
或者被狂热而盲从的人们推上圣坛
或者被狂热而盲从的人们踩在脚下

## 流　言

流言像杨花一样飞着
我伸出手
抓住了其中一片
感到它没有丝毫分量
但是在街上
它迷乱了那么多人的眼

## 当你老了

当你老了，亲爱的
那时候我也老了
我还能给你什么呢？
如果到现在都没能够给你的话

## 馒　头

一个刚蒸出来的馒头
热腾腾的
白净
温软
有香味
这时候她要恰好遇到一个吃她的人
对于馒头来说
在恰当的时机被吃掉
是最好的宿命
如果她被搁置

她会变凉
变硬
内心也会霉变
由一个纯洁少女
变成一个刻毒女巫
她诅咒要让那个吃她的人
硌掉牙齿
坏掉肠胃
变成猪狗

◇ 徐丽萍

# 拥诗而眠（组诗）

**作者简介：**

徐丽萍，女，汉族，祖籍江苏，现为石河子文联《绿风》诗刊副主编，新疆石河子作家协会副主席、石河子诗歌学会副会长；2011年进入"新疆新生代作家榜"，诗集《目光的海岸》获得该年度新疆生产建设兵团第八师"五个一"文艺精品奖。

出版诗集《目光的海岸》《吹落在时光里的麦穗》，出版散文集《升腾与绽放》《雕琢心灵》。

## 诗　歌

这些谁前世撒落的种子
像一种疾病潜伏在血液四面八方的流向
随着它生根的是忧虑
发芽的是一枝又一枝的伤痛
我们生长　追随风轻盈的翅膀
我们开花　让爱一层层剥开花瓣的谜层直抵心灵的土壤
我们收获　把灵魂深处的稻穗　装满金黄的谷仓

这些谁今生捡拾的珍宝
它耀眼的光泽缀满我朴陋的心房
像一个乞丐捧着旷世奇珍
像一个农夫拥有万顷良田

拥诗而眠（组诗）

我们飘流　把四面孤儿一样的天空全部收藏在翅羽下
我们空旷　谁能抗拒天意一次次割舍最完美的宝藏
我们相认　芸芸众生我们找到了上帝一样的父亲　圣母一样的娘亲

这些血脉相连的兄弟
我是你失散多年　小如星辰的妹妹
用泪水和真情把你守望

## 拥诗而眠

拥诗而眠　仿佛醉卧花丛
每一朵花瓣都是我的羽衣霓裳
绿叶为床　露水为浆
沐星浴月　清心似水流长

拥诗而眠　仿佛畅游瑶池仙境
丝竹仙乐柔化我疲倦的流浪
莺歌为韵　水晶为心
寂寞红尘　有谁让我疼断肝肠

## 长发飘飘

从《诗经》里扬起
从赋、比、兴里洗亮
从百丈悬崖飘落
从骏马的脖颈上飞扬
那一头缠绕古今的秀发
哪一根能遇水为波遇树为藤

拥诗而眠（组诗）

让谁的长发　攀着你的目光生长
让谁的长发　依着你的心湖荡漾

从漠风里甩起
从瀚海里洗亮
从鸟翅下跌落
从溪水里溢彩
那一头飘扬如火的秀发
哪一缕都能点燃星月点缀信仰
让谁的长发　攀着你的目光飞翔
让谁的长发　傍着你的心湖徜徉

## 蝴　蝶

如果我们死亡后都变成蝴蝶
那么在万千彩翼飘飞的天空
我们凭什么才能将对方辨认
你能否冲出花朵娇艳的迷宫
用一个痴情的眼神　打捞生死不变的前缘
用你温暖的触须　轻轻拍醒我茫然的记忆

如果我们死后都变成蝴蝶
那么在两个尽头之中　要相隔多少离愁别恨
撇开世事纷扰　撇开时光的变幻
而你终就不会从如花的容颜中　识破我素朴的前生
我拼命地在迷雾中　向着爱的山巅飞越
而你终究无法超脱凡俗　让爱情飞越春天的明媚

## 要凭借什么才能抵达你的真心

要凭借什么才能抵达你的真心
梦总是伸出了纤长的手指将我们从苦海打捞
像溺水的人我们挣扎在水藻之间
命运是埋伏在深水里的蛟龙
我们爱慕它宝石穿缀的鳞片
却忽视了它的巨齿犹如锋利的宝剑
这些浪凶猛地扑上来像一个调皮的孩子
似乎要把我们撕成碎片再抛向远方
浮起来的是幻沉下去的是真
要凭借什么才能抵达你的梦境
撇开现实残酷的阻隔与痛苦的挣扎
搭乘一叶轻舟或一缕柔和的风
我就飘行在你星光闪耀的海面

◇ 谢耀德

# 阿尔泰札记（组诗）

**作者简介：**

谢耀德，生于20世纪60年代末，新疆木垒人，曾在鲁迅文学院和毛泽东文学院学习，是新疆作协首批青年签约作家。

他已发表作品200余万字，曾荣获《人民文学》《诗刊》等20多种文学奖项。作品入选《中国年度诗歌精选》等30多种重要选集；著有《从龟兹到高昌》《三屯庄》等7部作品，短篇小说《羊王》荣获文华杯全国短篇小说大赛一等奖、长篇小说《荒原之恋》荣获第二届中央企业精神文明建设"五个一工程"奖，长篇小说《西部边魂》参加了第十届茅盾文学奖评奖。

## 喀纳斯的蓝

白云千载空悠悠
白云把天空的蓝静静搬到了远方
但有一种蓝，它搬不动

有十万匹看不见的枣红马
从湖边走过
草原上蓝色的时光沉醉也沉默

黎明一样沉静的牧人
他们内心
干净得没有一粒灰尘

## 阿尔泰札记（组诗）

图瓦姑娘
她美丽的大眼睛望着我
喀纳斯，一湖碧蓝

风吹湖面，一拨一拨银色波浪
将世界悄悄转移
湖光明亮，而岁月幽深

### 午后的阿尔泰

羊嘴唇修剪过的草尖儿上
露出清亮的汁液时

牧群已经远去了
浩瀚的草地上
依然弥散着岁月香甜的气息

躺在地上熟睡的牧人
夕阳是一座金色毡房

今夜
银色月光照着一个金色的梦
黎明清新的光芒啊
一定不要把他吵醒

### 牧歌和酒

落日
是草原汉子手里

空了的酒碗

浓烈的酒，一半浇灌草原
另一半，照亮他火红脸膛

热血沸腾
他一定想念奔向天边的马群了
他内心一定有一匹奔驰的骏马

牧歌引领
夕阳金黄的碗
盛满彩云，也盛满绿色星光

远方的客人
请接受草原的真诚和祝福吧
酒是草原人的朋友
牧歌是天堂的美酒

### 雪青马

有一匹从唐朝奔来的雪青马
大碗喝酒的草原汉子
他一定听到了
嘚嘚的蹄音，自远处传来

浑身热汗的雪青马
它一定是从太阳身边来的

醉酒了的草原汉子

阿尔泰札记(组诗)

满脸通红
像太阳的一个亲戚

锈迹斑斑的蹄铁梦中闪着火花
草原上的马群
轻轻喷响鼻息

辽阔的西域霎时腾起一层薄雾

## 月光·阿尔泰

一

月夜如纱,蒙住眼睛
月光如水,淹没古今
月影如牧,你我游牧

月明如烛
秋风啊,不要把一切说破

二

树叶上跳舞的小星
满山游荡的幽灵

古远的露珠儿

时光的流水
轻轻搬运灵魂的尘埃

我陷入遥远的想象

夜致力于自我构思

月光把匈奴吹向了天边

三

黑暗中
两朵叫不上名的小花
以不为时间觉察的方式
静静交换了它们
爱的信物

夜与世界交换血液
我和石人交换
内心忧郁

夜空弥漫的花香
不是我要回忆的旧事

四

光芒之上
一把刀　保持了它的锋利

我　满足于自身迟钝

五

而被岁月冷落的草原石人

这些既不崇高也不卑贱的人

太阳浩大的光芒
不分对错地照耀他们内心的荣辱

远处,笔直插入天空的炊烟
举重若轻
仿佛一个古人向他们轻轻地挥手

(注:草原石人在阿尔泰发现多处,据考证为匈奴、突厥,以及草原先民原始宗教崇拜的遗物,充满神秘文化气息。)

## 马　灯

弦月似弓
马灯
马的眼睛,干净又明亮
如牧人的内心

月色迷蒙
夜用沉默漂洗流星的旧衣裳
月光深处升起的琴弦
把渺茫的轻音注入万物心中

远山、牧群、毡房和繁星
在马灯中融为一体

◇ 顾伟

# 如果，鱼的律诗

**作者简介：**

顾伟，中国作家协会会员、中国石油作家协会第五届理事会理事、克拉玛依市作家协会常务理事、独山子作家协会主席。

其作品曾在《诗刊》《民族文学》《文艺报》《上海文学》《诗选刊》及《地火》《石油文学》等报刊发表，多次入编《中国诗歌年选》等各种选本，曾获中华铁人文学奖提名奖。

出版《游走边缘》《斑马线》《牵引》《指间沙》《油城，在丝路前行》5部诗集。

## 1

没有五道黑游弋，刺已卡住声带
痒，猝不及防，谁人如泣如诉
忘记此时吧。你看风动观鱼台
霞斑的峭壁下是永恒的故地

## 2

游来游去都是绿水青山
多少惊艳。如果只是小白条
再跳跃一次，沉淀一次
野性的鱼鳞再让水鸟目眩一次

*如果，鱼的律诗*

### 3

阿尔泰鲟也是唯美之神
白鹭齐飞，江山成熟不易
迁徙的云朵牵挂晚晴
水蕴草一般漂浮

### 4

月光有时不得不把韵脚铺展
炭烧、电炉上。色泽挥之不去
金樽散香。又到盛宴时刻
孜然、香料，篝火高过了炊烟

### 5

如果生活如故，品质在变化吧
变与不变，你我相亲似近邻
如果黑鱼游轮一样驶过
碧绿中又增添了如歌的祥和

### 6

有什么坎坷可以被反复忽略
江鳕汹涌过后孤寂随之而来
谁在耐心体谅"珍稀物种"的修辞
并且原谅记性，住在里面的春思

### 7

湖水，兼容了泰加林的尾音
倒影，守着一万八千里荡漾
爱的情义一瓣一瓣解读蔷薇
不曾物我两忘，痴癫曾经的初始

### 8

哲罗鲑的梦游到源头，拒绝庸常
摆动鱼尾如摆脱幽秘气象
请不要在律诗里反复触及
宁静的喀纳斯湖和湍急的远流

2019.11.30

◇ 如风

# 阔别克雪山的云，落入人间（组诗）

**作者简介：**

如风，本名曾丽萍。新疆奎屯市作协副主席兼秘书长。

1986年开始发表作品，作品散见于《诗刊》《星星》《诗选刊》《诗潮》《文学港》《雨花》《绿风诗刊》等近百种报刊。作品入选《中国年度优秀诗歌》《中国诗歌年选》《中国年度优秀诗歌》《中国民间好诗》《中国女诗人诗歌特辑》《中国当代百名女诗人诗选》等几十种选本。

## 那仁牧场

我无法说出玉什填提克山巅一朵云的来历
也无法指明山下一条河流的去向
这人间的秘密，我所知道的
并不比山谷里的野花多

在那仁牧场
图瓦人和哈萨克族牧民都是兄弟
我和橘色金莲花互为姐妹
辽阔草原在等待一次从哈巴河出发的盛大转场
挂满经幡的敖包，在雨中
等待你从远方打马赶来

阔别克雪山的云,落入人间(组诗)

## 草原石城

我相信,这是神的旨意
让我一步步靠近你
亿万年前的风,吹着你
亿万年后的风,吹着我
风,吹来吹去,我和山谷里的野花一起在风中摇曳
在这里,所有的秘密都轻如微尘
所有的爱,都不可言说

你看,苍穹在上,山石起伏
而云层,一再压低

## 67号界碑

江山无数
哪一片疆域都是故国。
但所有的河流只有一个远方。

界碑在此。
有些话,是不是你终究无法说出?
此时的喧嚣是瞬间的事情
孤独,才真正属于界碑。

白日在上,萨吾尔群山静默无语。
我站在你身边
抬头望云。

(注:67号界碑位于新疆吉木乃口岸)

阔别克雪山的云,落入人间(组诗)

## 白哈巴

在白哈巴,太阳和月亮都是古老的
星星得从白桦树枝头慢慢升起
炉火上的奶酒得慢慢熬煮
西伯利亚红松得慢慢生长
不用手机的图瓦老人步云把日子越过越慢

半弯月亮在雪山之巅慢慢爬出来的时候
我在那仁河边,捡拾一截树枝
慢慢慢慢给你写信

（注：白哈巴是中国西北第一村,地处新疆哈巴河县边境线,主要居民为图瓦人、哈萨克族、俄罗斯族。）

## 在喀纳斯

在喀纳斯,步步天堂
阔别克雪山的云,落入人间。

当我说出盛开
马兰花、金莲花、牡丹在眼前烂漫成海。
当我说出宁静
风吹过,喀纳斯湖面波光粼粼。

当我说出爱
大片的云层在土别克山巅翻涌。

◇ 郭文会

## 草原的故事（组诗）

**作者简介：**

郭文会，男，1968年生，现任职于阿勒泰地区文联，20世纪90年代组建西部荒原青年诗文社，参与《荒原》《荒原诗歌报》《额河青年》杂志的多期出版工作。有诗发表在《绿风》《西部》等刊物上。

### 喀纳斯的村庄

不小心　误入这个村庄的历史
　看见了原始与幸福　朴素与快乐
以及村庄与一个湖泊的旷世恋情

很早以前　先祖们跋山涉水
带着水草丰美的奢望　来到这个
外人的梦想无法触及的地方
这个地方叫天堂

终于在这一天　与先祖
在一曲楚吾尔的曲调中相遇
牵魂的音符在感动的泪水中
花开花落

在喀纳斯湖边　我坐成一尊陋石
等待一片落叶或一滴古老的水花
感知先祖隔世的问候和爱抚

草原的故事（组诗）

我知道　我永远无法触摸到
很早很早以前　先祖们
在湖边流下的第一滴泪水
和这个村庄飘起的第一缕炊烟

## 禾木的夜

有一个心无法到达的地方
我开始相信　那儿
肯定有神居住　和我的父辈

与一炉灶火交流
就是解读生命的简单
我知道　朴素的日子
就是把岁月做成一碗奶酒
与草原厮守
与山林共饮
与岁月同醉

此刻的夜晚　我在村庄
捡拾着迷路遗落的星光
看到喇嘛庙的神台上　栖息着
无数不愿被超度的灵魂
安详而满足

在这个村庄的梦里
我终于听见　曾经丢失的马蹄声
在夜的深处响起　儿时的梦想

在祈福声中开成花朵
与这片山水窃窃私语
此刻　透过木窗的星光
溶化了我几度冬眠的思想
使我在这个夜晚　这个村庄
静静地睡去　安详地老去

## 丢失草原的日子

星群呼啸着黑色的荒漠
死亡源于花朵的诱惑
先哲们先我们而去了
路边留下无数的预言

阳光赤裸着身体
走向一片古老的处女地
一个夜晚
种植了一座繁华的城市
生命没有了梦
也无所谓遗失与陌生
所有的归宿在黎明深处
无处可寻

阳光和星星在城市上空丢失
诗人穿越了历史
穿越先哲们的预言
在你孤傲的目光中
回忆忧郁的北方
诗人啊　请站在墓前

**草原的故事（组诗）**

与百年的死者交谈
交谈中绝无防范
而且更具有生命体验
我不是诗人
我是一只丢失草原的梦鹰
曾经　飞过多血的天空

## 草原的故事

如同诗歌
黑色坐骑被流放
一路上悲嘶长啸
死亡陷阱　据说
设在黑林之中
残存的草原
绕过黑林而抵达

曾经　青灰色的鬃发
被不定时的黑风暴撕碎
于是血在起伏
泪在起伏
黑马精灵起伏在
北方记忆的草原之上

无数个归宿掠过
断裂的马骨
拼接成粗糙的悲剧
一切没了思想
从此生命血流如注

凝聚最后的力量奔跑
我知道
生生灭灭的草原
属于永远不知疲倦的马蹄

## 晒晒沙吾尔的阳光

其实　不算一次远行
只是偶尔被沙吾尔山
柔美的夕阳感动
就像戈壁的一块陋石
暖暖地沉睡　守候着山丘
阳光　以及会思想的牧草
听偶尔路过的羊群
咩咩嘶叫仿佛自然的歌谣
这个下午　戈壁石
玉化的内心　被跌落的
阳光抚醒　沙吾尔草原

如同　中年的天空
宁静　深邃　而慵懒
亘古的歌谣　拦截了
路过的风　一地阳光
默默无闻　温暖着
石头渴望流浪的念头
让愿望成为思想的远游
让阳光穿过大片的牧场
滑过展开的掌心
我知道　沙吾尔的石头
最终会风化成一盘散沙
一些时光的碎片
在那儿孤独百年　偶尔有
北山羊路过　像走失的亲人
其实　就想看看沙吾尔的天空
其实　就想晒晒沙吾尔的阳光

◇ 李慧英

# 冬天的素描（组诗）

**作者简介：**

李慧英，生于新疆，寓居浙江。作品散见于报刊。

### 毛皮滑雪板

这是一个
生命里注定的动作
直到今天
命运在上，大雪在下
毛皮做成的滑雪板在中间
像一根坚硬的骨头
紧握住
大地上的灵魂
让过去回到了现在
回到阿尔泰山脉辽阔的肺腑
弹奏一曲长调的忧伤

在冰和雪的荒原
我必须记住阳光和穿透
命运的大雪
神秘的风吹向一个古老时刻
那些岩石上祖辈的足迹
是谁踩出的幸福
如今开出那朵小花
与世人分享

**冬天的素描(组诗)**

雪地上
昨天写下的事情
现在
我要用它传递未来

（注：阿勒泰市汗德尕特的岩棚内一处有滑雪图案的古老岩绘，确立了"阿勒泰地区是人类滑雪发源地"学说。同时，专家肯定，古老的阿尔泰山系是古老滑雪的摇篮。毛皮滑雪板，是当地古代游牧民族发明的一种雪地出行工具。）

## 从雪进入雪

我看见无法消失的冰雪
和银色月光
毛皮雪板一生的滑行，和
毕生的歌唱
从雪进入雪
从一个古老民族出发
那些前行中生存的支点
你看到了吗

我说起远处的山脉
未曾断流的河水
并不说灵光从这里闪现
此时山脉跌宕，大地洁白
那些隐藏在大山背后的部落
和驯守的鹿群
那些在敦德布拉克岩棚下
隐蔽了一万年
古老的姿态
我故乡的兄弟姐妹

冬天的素描（组诗）

你一袭长袍
曾经遮盖了怎样的神奇

（注：敦德布拉克岩棚岩画位于新疆阿勒泰汗德尕特乡，此岩画栩栩如生，记录了人类史上最早的滑雪起源。）

## 移动的白

白色蝴蝶在午后
或者在黄昏时分来到
有时也会是夜晚
把毡帐的心思
抹成一朵移动的白云

在雪水明净的山谷
这冬日里
斜身飞过的很少是风
也不仅是野花大片开放
这样浪漫的含义
它关系到来年
几头奶牛反刍草食的生活细节
这也许才是内在的含义

在辽阔的阿尔泰山脉
这一刻请不要说话
不要用声音
把明亮的风景变得复杂
不要说出那些句子
蝴蝶飞来时，它是草原
蝴蝶飞去，还是草原

# 对阿勒泰的回忆

◇ 克 兰

**作者简介：**

克兰，本名常铖，满族，无会籍作家，1984年9月在阿勒泰参加工作，2019年1月退休。十行诗是他独创并喜爱的一种诗体。

曾出版诗(文)集《我不是阿肯》《再见阿勒泰》《科技的脾气》，待出版文集《鱼的错误》《门外谈美》等。

## 心,放在马背上才算灵魂

一场大雪如铺好的宣纸
胸怀宏图,你却难以动笔
眼前这个世界过于喧闹
你怀念阿尔泰山如墨的小溪
让那些乡愿滞留在都市吧
放下一切,你回到冰天雪地

当你骑马狂奔后气喘吁吁
儿时的同伴笑着抓雪打你
心,放在马背上才算灵魂
别再想你那个六缸奥迪

## 乌图布拉克的夏日

夏季的乌图布拉克
风骚大气,美丽无比
大尾羊早早完成传宗接代

对阿勒泰的回忆

鸡鸭鹅狗们更加着急
交完尾的昆虫悄声细语
村民们聚在教室里大声学习

克兰河看惯了世间游戏
一路感叹,低头向西
田野安静得令人窒息
乌鸦啊,为什么你也沉默不语

## 再见,布尔津

童话小城,人口三两万
总该有那么几个神仙
可是我不拜神仙
只想见见两个凡人
再去看看两个地方
名筑小区和金山书院

三顿饭:那仁、奶茶、拌面
谈谈信仰,聊聊书院
茶过五味,"后会有期"
匆匆把自己退回"金山"

## 春天,额尔齐斯河的细节

有人读一百遍《九篇雪》
也读不出雪的本色
有人走一千遍额尔齐斯河

也说不清为什么
开河的冰排拥挤如车
融化的冰水浓稠如墨

夜里,五光十色的行人
看不懂黑白混淆的额尔齐斯
诗人摔了一跤,发现冰排如箸
春天是一场正在散去的宴席

### 垂涎山城小景

那些被人可劲儿赞美的 AAAAA 级景区
绝对比不过这小巷深处的实惠
走出草原的兄弟牛羊肉,批发零售
让阿勒泰女人如羊、男人如牛
剩下几个吃素的痴男信女
把琴棋书画当成佳肴和美酒

一条河,两脉山,几万人口
百年山城,故事多得就像石头
等到春暖花开,两列火车
就能塞满或抽空整个山沟

### 青春的回忆

克兰河永远是浪漫主义
源自阿尔泰山深处的青色雪水
步履沉缓,但方向明确
思念就像雪花,轻轻叹息
长达一百八十天的冬季
这是最好的倾诉方式

但应者寥寥,拧开水龙头
流出来的都是油盐酱醋茶
十八个春夏秋冬,克兰河
依旧浪漫,却从不回首

### 骆驼峰传说

转场途中,扎日勒汗走失一峰骆驼
在达坂等它一夜吧,娜孜汗说
太阳升起的时候,有人看到
一峰骆驼正在金山坡上跋涉
扎日勒汗想,它抄近路追赶我们呢
娜孜汗说,那就再等它一夜嘞

太阳落山的时候,有人看到
那峰骆驼还在金山坡上跋涉
春夏秋冬,娜孜汗都当奶奶了
那峰骆驼还在金山坡上跋涉……

◇ 刘继能

# 假装散漫

**作者简介：**

刘继能，笔名云梦醴，女，汉族，新疆阿勒泰人。写作在于体验发现不同的自己，愿用一生去做一个温情而又充满能量的人，如同赤子。

## 薄 雪

送你薄雪一片
夕阳下
没有梅花
落雪煮不成新茶
酒浓处
感月吟风
寻人在旧窗扉中
相伴复亭亭
向晚还寒
又见西风
摇响村落古老的钟
往事
心头的朱砂
流水芳华
东风无由绊惹住柳丝
寻春春在天涯

## 暴 雪

暴雪袭裹了村子
一整夜

假装散漫

狂风肆虐地敲打着门窗
心事凋零

无边暗夜里大雪纷飞
很细很密
排成排，布成阵
斜喇喇地泼洒
前村深雪里老树在呻吟

次日雪晴
天空有流动的云
严寒拥抱每一寸肌肤
刺骨的冷
许下的愿望
放到炉上烤才能听清

## 春　天

春风来了
五百里、二百里、一百里
从乌伦古湖吹到托夏勒乌依

春日近了
前日、今日、明日
笔落时
明媚的春光
已种下丝丝缕缕的情愫
在托夏勒乌依

来一时　去一世
碧蓝的天底下
凝眸看天柔草绿
春花未开
已替人愁

一纸经年，遥念君安
恍如你我初见
我在春天里
偷看到岁月的答案

## 我　们

调尽浓浓相思
拌上依依不舍
和烈酒一起饮下

轻轻地我走了
再见，托夏勒乌依！

我们也懂了
木心《从前慢》中说
从前的锁也好看
钥匙精美有样子
你锁了，人家就懂了……

而在托夏勒乌依，

假装散漫

大门可以这么简单
你插了木棍，
用绳子拴了门
我们也懂了

### 约海一起去看冬天

雪霏霏
飞絮蒙蒙
我曾与海同醉
料峭寒风将酒吹醒
海无言我无言
海老了
我是多久才刮起的风

月寂静悬在夜的空

什么样的文字才能写进心灵
我们戴着面具演绎着角色
越来越逼真
却遗忘了本来的真心

抗过所有的委屈和言不由衷
我是多久才刮过的风
平日
一丝不苟地言行
沉默只有自己
才懂

轻拥我抚摸我的发丝
谢谢你陪我一路风尘
走过雨走过最暖的雪

# 云居寺石经还记着尼赫鲁的惊叹

◇ 陈玉泉

**作者简介：**

陈玉泉，现任北京市房山区作家协会副主席、秘书长，房山区诗歌学会会长，河北名人名企文学院副院长，中国诗歌学会会员，《渤海风》杂志签约作家。他自20世纪80年代初开始文学创作，作品以诗歌、散文为主。

中国的总理
陪同佛国的总理

走过断龙桥的影子
撞碎水里的云片

柳树都探过头来
惊眸异国的衫帽

麻雀惊醒了
廊架下午睡的石经

门开的吱呀声
拉直尼赫鲁的眼神

他半晌收不回舌头
想起取经的唐僧

用同等数量的黄金
换回同等的石经

他祈盼地看着总理
大国的微笑化作秋风

（题记：云居寺，位于北京市房山区，主要以石经山藏经洞闻名于世。1956年，印度总理尼赫鲁来中国访问时，周恩来总理陪同他参观石经。尼赫鲁看到这批精美的石经后，提出愿以同等重量的黄金换两块同等重量的石经，运回印度供奉。周总理微笑着说："这些石经……号称国宝。黄金有价，国宝无价呀。我作为中国总理，怎能用无价的国宝，换取有价的黄金呢！"）

云居寺石经还记着尼赫鲁的惊叹

## 我和"雪花"一起恣意

我坐在"雪花"身边
听它们耳语
风来了,它们舞蹈
彼此牵手滚动
有的飞起来去看河水
这是在最初的五月

风消了
它们又复平静
簇拥在我的身边
绒绒的听我呼吸
周围已是绿的世界
它们白得不是季节

我愿意风起
助力"雪花们"
旋转着飞腾
我也和它们一起
越过翠绿的树梢
在春意里恣意
融化在褪色的余晖

# 众志成城——抗疫诗歌专辑

杨建英等

## 《绝"疫"死战》诗词选

杨建英

### 设 卡

疫起荆襄在庚春，
灾报频仍倍啮心。
力竭衰庸杨某在，
不教魔怪入新村。

### 捐 款

庚年魔怪舞翩跹，
风声鹤唳更无伦。
熔金铸盾仇敌忾，
我辈也是逆行人！

### 巡 逻

千门闭户净空街，
厉兵秣马助大捷。
疫魔你若还识相，
忙趁冬风滚远些！

### 排 查

拄杖迎风且趋行，
走街串巷为疫情。
何堪自啼子规血，
依然夜半唤东风。

### 隔 离

战疫最好是隔离，
莫恋牛羊狗和鸡。
老乡只管放心去，
党员都是你亲戚！

### 坚 守

旌旗猎猎壮长空，
绝疫战斗起雄风。
报国有门在坚守，
成就事半功倍功！

### 七 律

又到村口守卡时，
凝神警觉近愚痴。
朔风掠地春难到，
赤日行天午不知。
念母衰庸孝难尽，
虑儿顽劣业荒弛。
独对夕阳发誓愿，
疫无绝阻不挥师！

### 一剪梅

冷地冰天架毡包。风也潇潇,雪也飘飘。为防魔疫披战袍,责比天大,心似毫毛。

穹庐哪有房居好。卧榻板铺,取暖火烧。盼得冠毒快遁逃,你也逍遥,我也逍遥。

### 西江月

路卡设在村口,责任担在肩头,测温消毒八步法,一项不合休走。

早已森严壁垒,更加忌疫如仇,待到捷报满神州,我自欣然兵收!

### 如梦令

绝疫封堵路口,检视一丝不苟。年岁知天命,为民扶杖疾走。坚守、坚守,老杨甘做老朽。

### 忆秦娥

东风破,寒凝大地冰霄沃。冰霄沃,边城封霜,新村寒彻。

绝疫卡口村前设,查登测消尽职责。尽职责,无问天灾,无问人祸!

### 鹧鸪天

山川异域通壕战,风月同天勇力扛。青山一道共风雨,明月何曾是两乡。

守西北,望荆襄,期盼瘟霾尽扫光。虽晓消灾能利国,确信多难更兴邦!

### 新　韵

疫菌突起,凶顽狰狞,哀我黎民惨遭欺凌,护神有党,锤镰鲜明,唤我公仆勇担使命。

下派包村,果敢逆行,赞我尖兵争当先锋,江山秀丽,叠彩峰岭,问我国家哪像染病!

(注:2020年2月1日,作者根据阿勒泰地委安排,下沉到哈巴河县齐巴尔镇吉林新村协助开展防疫抗疫工作。闲写诗词,以酬壮志!)

## 金山儿女防疫情

丁勇杰

庚子新春分外寒，
阿山儿女防疫酣。
警民携手防毒瘴，
党政同心度险关。
一线乡村齐上阵，
千家万户御时艰。
将军山下红旗烈，
众志成城定胜天。

## 祖国的天空依旧蔚蓝

林勇刚

突来的新型冠状病毒性肺炎
肆虐生命，恣意蔓延
人们不晓，将欲过年
可哪里知道，凶险已到面前

控制疫情刻不容缓
果断封城阻断窜染
病毒是弥漫的硝烟
疫区是生死的前线

危难时刻谁人当先
中国院士李兰娟、钟南山
紧要关头谁敢在前
共产党人
挺身、奋勇一线！

老帅出征一马当先
老骥伏枥壮心不减
白衣战士逆行不返
明知危险毅然决然

救死扶伤尽职在天
且放静好置身前线
不计生死冲在最前
临危不惧大爱无边

坚定信念
党在英明决断
科学研判攻克难关
胜利的曙光就在眼前
万众一心，众志成城
决胜新冠病毒阻击战
祖国的天空依旧蔚蓝

## 换谁都一样（歌词）

王娥香　王忠德

不要夸我有多么刚强
换谁都一样
谁能眼睁睁看着生命消亡
谁能听到求救不动情肠
除夕的武汉在哭泣
我们必须逆行扶起她的肩膀
炎黄的血脉在流淌
父母的教诲在心上
我们万众一心
莲花湖一定会清波荡漾

不要把我当什么英雄

换谁都一样
谁忍心自己的家园遭殃
谁又能漠视同胞的泪光
肆虐的瘟神来搅场
我们必须同心做勇敢的对抗
炎黄的血脉在流淌
祖先的美德是阳光
我们相助守望
新春奏响的一定是乐章

## 因为有您
——写给抗击疫情的祖国母亲
王展飞

这是怎样地一起走过
才叫经历
这是如何地深深爱着
才叫珍惜

我的祖国
我的天地
我的姐妹
我的兄弟

爱您
就是爱我自己
自信
就是相信于您

病痛、磨难
永远不会夺走我们什么
只会让我们

更加勇敢、更加努力
谢谢您
正在做着的一切
我更安心并且骄傲
这样一种相信——
叫作爱您
叫作有您

## 春天里的身影
王娥香

那是谁的身影
来去匆匆
映红了除夕的窗花
捧着一颗初心
面对肆虐的疫情
他坚定又从容
想起那盼归的爸妈
她依然请缨向前行

春天里的这个身影啊
是最美的风景
点亮了满天的繁星
呵护了同胞的生命
守住了家国的安宁

那是谁的身影
催人泪奔
较量着可恶的瘟神
扛起一份使命
面对痛苦的呻吟
他笃定了忠诚

难忘那担忧的泪花
她无悔按下红手印

春天里的这个身影啊
是最美的逆行
唤来了生命的黎明
守住了家国的安宁

## 胸前有一枚党徽

喀纳斯小猫

### 一

无声的号角
又一次吹响了
这一次
在鞭炮声后接踵而至
黑色的羽翼煽动起白色的病毒
新年红包瞬间被信息洪水淹没

爬升的数字牵动亿万颗心
不信谣
不传谣
不造谣
春晚之后
我们齐心协力共渡难关

在祖国最西北边陲
毫不迟疑拖延
越是艰难的时刻
越需要战斗堡垒更顽强更坚决
这是"不忘初心、牢记使命"的新篇章

金色的镰刀和锤头
将众志成城
扼住病毒的喉咙
天会更蓝水会更清
我们——
中华儿女时刻准备着

### 二

你是一座山
刻碑立传之前
无人问津一座山的来历
火山喷发之前
无人在意一座山的年岁

风雨欲来感谢那座山
用脊梁挡住城外风雨
谣言四起还是那座山
用沉稳捅破谣言真相

古稀之年,在一片氯气弥漫中
我们背靠大山
耄耋之年,我们蜗居在格子间祈祷
大山依旧臂膀宽厚

也说杖朝之年
本可告老还乡不问世事
可你不做终南山隐士
你是一座山,一座钟南山

## 盼一场春暖花开

刘继能

盼一场春暖花开

春鸟早鸣
暖阳恣意洒在身
桃李竞相绽放
嫁与东风

盼一场春暖花开
春风十里
吹绿芳草长亭
赶走笼罩神州多日的乌云
天地清,再无一点尘

盼一场春暖花开
春雷阵阵
冬雪尽处马蹄轻轻
流年悄悄抹去心中的伤痛
回望,千里江山
国泰民安风调雨顺

## 前线啊前方
### 董自刚

大雪纷飞的北方
我早早地起床
雪花堆满了我的半窗
可我依然眺望远方

虽然昨夜的梦乡好香
却也听到前线的"枪响"
从微信里电话中抖音上
"天使"们正奔赴前方
我幻想拥有医生的智慧
穿戴好防护服装

与他们一起奔赴"战场"
志愿者们正贡献力量
我愿与他们站在站所两旁
用专业的温暖话语
分流疏导来往的车辆

你站好你的岗
我找准我的位
应对疫情坚定方向
战胜妖魔不余力量

## 战斗的节日
### 赵晓华

2020年春节序幕刚拉开
可恶的病毒却阴险地流窜
它们无情侵蚀人类生命
也撕咬着传统节日的欢欣
举国同庆成为同仇敌忾
城市和村庄
皆是没有硝烟的战场

我们抗击病毒严阵以待
医务岗位的兄弟姐妹
不舍昼夜和凶险的病毒面对面
一方有难八方支援
各地白衣战士整装奔向武汉前沿
抗击困厄救苦救难
是中华民族共同的担当
众志成城,不辞劳苦
我们毅然"宣战"
捐钱捐物各尽所能

团结一心消灭病毒
希望早日还大地一个祥和的春天

## 空城季

常悦平

街亭静默,全城皆空
繁华坦然隐去
宣讲飞过街头巷尾
隐蔽的千军万马
不劳却功不可没
这是第五季的誓言
掩埋了春夏秋冬的记忆
把希望装进笼中
把心愿交给空城

孔明已逝,空城犹在
琴声,幽然回首
病毒,闻风丧胆
退却的车水马龙
各个是无名英雄
这是第五季的骄傲
撕下了虚假丑恶的面具
把病毒囚禁深渊
把光明铺满空城

## 抗"疫"颂

谢 斌

某月某日
每增一个数字
又往我心上刺一把尖刀
病房里的"拄拐大夫"不幸感染
痊愈出院后第二天
就重返一线
把黑夜照亮,与死神竞速

医生、护士和"火神"建设者
他们离病毒这么近
近,仅一字之隔
而这一字之隔是他们最近的距离
却是我们
最远的距离

凝结所有的文字
也成不了他们额头渗出的汗滴
拉伸所有的句子
也盛不下他们心中的每丝爱恋
铸就所有的篇章
也载不动他们肩上的责任与使命
请战书上无数人摁下鲜红手印
奔向同一个地方
直面病毒和各种艰难处境
他们
不是超级英雄
在那平凡肉身里
却驻守着最高贵的灵魂

河南、四川、新疆,一路逆行
钟南山、李兰娟、王辰,一路逆行
70后、80后,乃至00后,一路逆行
逆行的是江山,逆行的是春天
江山之上,春天怒放
春天之上,江山屹立!

## 因为,这是中国

侯真真

面对
一种传播迅速、令人不寒而栗的冠状病毒
一场不期而遇、逐日增加死亡人数的疫情
他们,挺身而出
没有丝毫胆怯,没有半步退缩
而是
义无反顾地用知而不返的行动证明
这只是——
一场勇往直前、当仁不让的挑战
一次迎难而上、不惧风险的考验

他们是谁
是勇于担当、使命在肩的各级党组织
是睿智专业、勇于奉献的白衣天使
是听党话、跟党走的人民子弟兵
是千千万万个默默无闻的人民大众
是不忘初心、牢记使命的党员先锋

我们每一个人要选择
遵守纪律,安静等待
时时刻刻祝福
祖国安康,人民安康
等待繁华俱簇的那天

我们从不感到孤单和忧愁
因为,我们相信团结和爱
必将消灭病毒
顺利渡过难关
我们一定会胜利
因为,这是中国

编者按:新冠肺炎疫情发生后,在以习近平同志为核心的党中央坚强领导下,亿万中华儿女团结一心、同舟共济,汇聚起抗击疫情的磅礴力量。在这场没有硝烟的战争中,阿勒泰地区文学艺术界积极行动,广大作家、诗人和文学工作者守望相助,以各种方式为战胜疫情助力。作家、诗人们纷纷写下文字表达心声,向英勇无畏的医务工作者致敬,为奋战在一线的广大党员、干部、群众加油鼓劲。